I0678785

LA QUINTA ESPECIE

UNA HISTORIA DE LICÁNTROPOS

EDITORIAL
SHANTI NILAYA

La quinta especie
Una historia de licántropos. Libro I
D.R. © 2024 | Miguel Ángel Ávalos Bautista
Todos los derechos reservados
1a edición, 2024 | Editorial Shanti Nilaya®
Diseño editorial: Editorial Shanti Nilaya®

ISBN | 978-1-966206-42-2
eBook ISBN | 978-1-966206-43-9

La reproducción total o parcial de este libro, en cualquier forma que sea, por cualquier medio, sea éste electrónico, químico, mecánico, óptico, de grabación o fotocopia, no autorizada por los titulares del copyright, viola derechos reservados. Cualquier utilización debe ser previamente solicitada. Las opiniones del autor expresadas en este libro, no representan necesariamente los puntos de vista de la editorial.

www.editorial.shantinilaya.life

LA QUINTA ESPECIE

UNA HISTORIA DE LICÁNTROPOS

Miguel Ángel Ávalos Bautista

Libro I

EDITORIAL
SHANTI NILAYA

Índice

...inspirada en hechos reales.

INTRODUCCIÓN

Un milagro es lo que puede presenciar cualquiera
que camine por la naturaleza con los ojos abiertos.

(Elli H. Radinger)

En tiempos ya enterrados, cubiertos por la modernidad, rondaban por el mundo, particularmente las tierras boscosas de climas templados y fríos, cuatro especies de los llamados licántropos (mujeres u hombres lobo):

I.   Los convertidos por castigo divino, condenados a permanecer en ese estado, hasta obtener el perdón o la muerte;

II. Aquellos cuya condición se atribuía a la mordida de otro hombre o mujer lobo; su transmutación ocurría solo en noches de luna llena y se revertía al alba o por fallecimiento;

III. Los conocidos como pura sangre, es decir, los así nacidos; se tuvo la creencia de que algunos licántropos, no fueron "*creados*" tomando como materia prima al humano ya nacido, sino que se gestaron con esa dualidad de caracteres; al igual que los atarazados, a partir de sus diecisiete años humanos, pero sólo durante luna llena, mutaban; y por último,

IV. Los hechizados, cuya apariencia humana, era alterada vía encantamientos oscuros y recuperada, de la misma forma, o si la muerte los sorprendía.[1]

Los cuatro eran considerados híbridos, al ser, por definición, una mezcla de especies; en su estampa mutada, eran de anatomía innegablemente lupina con sus excepciones en algunos hechizados, pero al menos, triplicaban el tamaño de un lobo normal. Se incrementaban, además, aptitudes, habilidades, resistencias, emociones, virtudes, pero también, vicios y lasitudes;[2] eran, también, capaces de regenerar sus heridas casi al instante. La semejanza física con su pariente cuadrúpedo más cercano -*canis lupus*-, nunca fue tal, que llegara al grado lógico de confundirse con uno de ellos, pues debemos considerar que un licántropo poseía también características intrínsecas y

---

[1] El orden aquí propuesto, es meramente enunciativo, no implica necesariamente una secuencia temporal o derivaciones unos de otros.

[2] Al respecto, en la mitología escandinava, Sabine Baring-Gould, en *El Libro de los Hombres Lobo. Información sobre una Superstición Terrible*, Ed. Valdemar, Colección Gótica, 2ª Ed. 2022, señala a fojas 39: "*En Noruega e Islandia, se dice que algunos hombres son eigi einhamir, –no de una sola piel–, idea que tiene sus raíces en el paganismo. La formulación completa de esta extraña superstición es que los hombres podían tomar posesión de otros cuerpos y asumir la naturaleza de los seres cuyos cuerpos adoptaban. La segunda forma adoptada recibía el mismo nombre que la forma original, hamr, y para designar la transición de un cuerpo a otro se utilizaba la expresión at skipta hömum, o at hamaz; mientras que el viaje hecho bajo la segunda forma era el hamför. Mediante esta transfiguración se adquirían poderes extraordinarios; el individuo doblaba o cuadruplicaba su fuerza natural; adquiría la fuerza de la bestia en cuyo cuerpo viajaba, que se sumaba a la suya propia; y el hombre así fortalecido se llamaba hamrammr.*"

extrínsecas humanoides -verbigracia: la posibilidad de erguirse, caminar y correr a dos patas, la mayoría, inclusive hablaban-. Las tres primeras categorías citadas, alérgicas a la plata;[3] hubo la teoría de que tal aversión se originó por la traición de Judas Iscariote;[4] esto es, la superposición de la materialidad 30 monedas de *plata*, codicia, ambición, deslealtad, etcétera, a todo lo que Jesús fue. Tal alergia quizás era un repele por solidaridad (probablemente involuntaria), al objeto-material por el que un hombre intercambió a un Dios en su representación humana. Dicha hipótesis, fue reforzada con el hecho de que los transformados vía conjuro no mostraban esa debilidad, lo que hacía suponer que, el "mal natural" que les daba esa apariencia, adoptaba la plata como algo normal en su existencia. Algunas peculiaridades sobresalientes de estas cuatro clasificaciones son:

I. **Hechizados:**

La génesis del maleficio para transfigurar a una persona es incognoscible; pero dado que sólo unas cuantas brujas alcanzaban el poder suficiente para dominarlo, es que se dice que fue el mismo Lucifer quien lo creó y se los transmitía directamente en un

---

[3] Necrosando con presteza tejido y órganos hasta causar una muerte en extremo, dolorosa.
[4] Ver Mateo 26:15.

ritual pagano. Lo único que se sabe era que debía recitarse en luna creciente. Las practicantes de este tipo de magia oscura pronto cayeron en cuenta que tal encantamiento no era una fórmula rígida o inmodificable, sino que podían "*ensayar*" con variantes a partir de la misma, obteniendo resultados aberrantes, "contra natura" o unos, ni siquiera del todo deseados. Inclusive, intentaron combinar este hechizo, con aquel relativo a la creación de gólems es decir, con la práctica de la "manipulación de la vida", "*fabricando*" seres animados a partir de lo inanimado; solía utilizarse barro, arcilla o piedra, otras se inclinaban por metales; yuxtaponiendo así, la materia artificiosamente vivificada, en el interior o exterior de los hechizados, no necesariamente en un nivel estético, pero tal vez sí funcional o experimental.

La apariencia de este tipo de engendros podía ser la de un licántropo, aunque rara vez era así de "*simple*" o zoomorfa, pues la raíz y finalidad del embrujo eran diabólicos. Si bien, al principio, se utilizaban como guía de configuración las criaturas de la naturaleza -lobos u otro animal-, una vez que las brujas se dieron cuenta de lo maleable del hechizo, y con ello, de la abominación resultante, corrompían sus rasgos, desproporcionando unos, combinando otros. Por ello había bestias con cuernos, múltiples cabezas o caras, colas con púas, numerosas extremidades, huesos prolongados hacia el exterior del cuerpo que funcionaban tanto como coraza o medio de ataque, dientes y garras retráctiles y alas membranosas. Se llegaron a conocer casos de hechizados con morfología instantáneamente camaleónica, adaptables o cambiantes conforme a la situación; entre otros caracteres; de los pocos que se tuvieron registro, ninguno era idéntico; las hechiceras siempre estaban en búsqueda de organismos cada vez más cruentos y resistentes. Tal "creatividad", quizás por motivos meramente perversos o vana diversión, ante la "facilidad de crearlos" y no haber ningún tipo de restricción moral o física que se los impidiera.[5]

---

[5] En relación a este tópico, en la obra *Las Brujas, Enciclopedia de Seres Mágicos* de ROUMIGUIÈRE, Cécile, con ilustraciones de LACOMBE, Benjamín, Ed. Edelvives, España, 2022, p. 46 y 47, se lee: "*Las brujas pueden convertir lo que quieran en lo que deseen, ya que pertenecen a un mundo en el que cualquier cosa es posible.... Machos cabríos que bailan la zarabanda, esqueletos voladores o seres mitad mujeres, mitad dragones, todo lo imaginable cabe en el mundo de las brujas. Artistas como Goya o Salvator Rosa pintaron estos monstruos y otras criaturas relacionadas con la brujería...*".
En la diversa, *Malleus Maleficarum (1486), El Martillo de las Brujas* -citado por Sabine Baring-Gould, en el aludido *El Libro de los Hombres Lobo. Información sobre una Superstición Terrible*, op. cit., p. 21, se narró: "*... las especies de animales que están en la imaginación corren por obra de los diablos hacia los órganos de los sentidos internos y esto, como ya se ha dicho, sucede durante el sueño Y (sic) entonces, cuando estas especies tocan los órganos de los sentidos externos, por ejemplo la vista, casi parecen cosas existentes y son percibidos externamente (...) los lobos que raptan a hombres y niños de sus casas y los devoran escabulléndose con gran astucia (...) cuanto sucede es por obra de las brujas...*"

Pese a la infinidad de las variantes asequibles, había dos rasgos externos con los que se podía identificar a una mujer u hombre así rediseñados. El primero de ellos, sus ojos, enteramente blancos, sin pupilas o iris; sólo perfectas esferas pálidas, sin fulgor, ni reflejo, indicativas de que estaban fuera de sí y de que, de su interior, no emanaba luz alguna, ya que su actuar no era domeñado por el hombre o mujer debajo, ni por la bestia del exterior, sino por una entidad maligna. En cuanto al segundo, en alguna parte de su piel tenían lacrada en lenguaje oscuro, diversa grafología de la que emanaba energía que sólo unos podían ver y los menos, leer; tales grabados cumplían una tríada de propósitos: la durabilidad del conjuro, la protección malévola del transformado, y, por último, identificar la *"propiedad"* de la fada, ya que el humano reconfigurado a bestia, había cedido -engañado o no-, todo su ser -lo orgánico e inorgánico-. Lejos de que tales marcas fueran motivo de pena, la persona en ellos, estaba tan embelesada con su novedoso revestimiento, que las portaba con orgullo.

Su mordida, por supuesto, no transmitía la licantropía o algún tipo de transformación al herido; pero aún la más leve de ellas, causaba una muerte lenta y dolorosa, pues la saliva era un medio para propagar el miasma del ente que los dominaba; en consecuencia, su energía estaba estrechamente vinculada con aquel o aquello que los gobernara.

Nunca se supo de alguien que los hechizara para hacer el *bien*; todo lo contrario, tenían una finalidad oscura y como se ha dicho, la plata no les acarreaba agravio.

Duración de la transformación: en función del hechizo, o la muerte.

## II.	Castigados:

Origen. Se creía que el primero de ellos, fue Licaón por el castigo que Zeus le impuso cuándo el arcadio le ofreció un niño en sacrificio.[6]

Fuera de mitos y leyendas, nunca se tuvo certeza qué Dios los castigaba o cuál había sido la falta que motivara la ira de este. Sólo se sabía de ellos porque

---

[6] Ver capítulo *"LOS TEXTOS GRECOLATINOS"*, del libro, *Historia de los Hombres Lobo*, de FONDEBRIDER, Jorge, Ed. Sexto Piso, México 2017, op. cit. p. 41.
En esta misma línea, la diversa obra intitulada: *El Libro de los Hombres Lobo. Información sobre una Superstición Terrible,* op. cit. p. 16, refiere, en la parte de interés*: "... Licaón, el monarca que civilizó Arcadia, instauró el culto a Zeus Licio mediante la homofagia, banquete ritual durante el cual cada uno de sus participantes comulgaba comiendo un pedazo de las entrañas de una víctima humana sacrificada en honor a Zeus. Advertido de semejantes atrocidades, Zeus se disfrazó de mendigo y viajó a Arcadia para verificarlas sobre el terreno. Licaón cometió la necedad de poner a prueba la omnisciencia del padre de los dioses ofreciéndole como alimento a uno de sus propios hijos y Zeus, indignado por la arrogancia y la brutalidad del mortal, lo transformó en lobo..."*

no recuperaban su forma humana, sino hasta que se le levantara el castigo o por la muerte; no obstante, a los así sancionados, durante un solo día, con su respectiva noche, de cada siete años, les era restaurada su humanidad y, sin que ellos lo supieran, lo que hicieran con su apariencia temporalmente restablecida determinaba la continuidad o no de su pena.

Sus ojos -a diferencia de los que caracterizaban a los embrujados-, eran generalmente de pupilas negras e iris amarillos, ámbar, dorados o alguna tonalidad similar. Combinados o con rasgos de otro color, eran reflejo directo de su energía: dorados con destellos, franjas o manchas en negro, blanco, azul, morado, etcétera.

El mordisco no transmitía la licantropía, pues nadie debía ser sancionado por los pecados del otro.

Hay quienes alegaban que, en realidad, tal castigo divino constituía la sentencia para dos seres: un lobo y un humano, pues cada uno, por su cuenta, había cometido cierto tipo de injuria provocando la ira divina. Derivado de ello, en tanto durara la pena impuesta, se amalgamaban en una sola celda de naturaleza carnal; es por ello que, al combinarse, sus energías alteraban la forma de la prisión, dando como resultado no a un humano, ni a un lobo, sino al licántropo, cuyos caracteres físicos serían determinados en función de la energía dominante, pero sin dejar de lado los pertenecientes al segundo prisionero.

III. **Mordidos:**

Origen. Inserción de la saliva de un hombre o mujer lobo en la sangre de otra persona. No se tiene registro del primer caso.

La mordedura se estima una transmisión *lato sensu*, por lo que aquel que la recibía voluntaria o involuntariamente, adquiría características físicas e incorpóreas de quien lo laceraba; los así infectados, podían a su vez, replicar tal proceso en alguien más.

Sus ojos tenían las mismas particularidades que las de los castigados: ámbar o dorados en general, aunque se tuvo conocimiento de individuos con ojos azules, grises, cafés, y negros, pero tales variantes eran excesivamente raras.

Duración de la transformación: tal como se anticipó, sólo en luna llena, por lo que la duración era en función del ciclo lunar o la muerte.

IV. **Pura sangre (también llamados *lukogenes* -nacido del lobo-):**

Origen. Según se adelantó, fueron gestados con tal ambivalencia animal, que pudieron ser concebidos por madre y/o padre con tal condición o por alguna otra vía humanamente inescrutable; sólo hasta sus diecisiete años humanos y bajo la luna llena, es que se revelaba el cánido. Sin duda, su dentellada, transfería el padecimiento.

De ojos al igual que los castigados, con la variante de que, en estos, se combinan con colores provenientes de los padres.

Duración de la metamorfosis: en función del ciclo lunar o la muerte.

En las últimas tres especies citadas y coincidente con la conducta de lobos normales, se suscitaba una estrecha relación de cooperación con los cuervos;[7] de cierto modo no documentado, desde su primera conversión a licántropo, atraían para sí, un par de ellos, quienes los acompañarían por el resto de su vida. A veces de cerca, otras no tanto, pero siempre entrelazados energéticamente a la criatura; por lo tanto, el conocimiento adquirido por uno, era de inmediato conocido por el otro.

---

[7] Léase capítulo: *"AMIGOS DEL ALMA, A PESAR DE TODO"*, del libro *La Sabiduría de los Lobos*, RADINGER, Elli H. Ed. Urano, España 2018, p.125.
Sobre este mismo asunto, en el libro *Cuervo. Naturaleza, Historia y Simbolismo*, de SAX, Boria, Ed. Siruela El Ojo del Tiempo, Cofás, España 2017, p.36, se observa: *"...Los córvidos y las personas compartimos una relación especialmente estrecha con la familia de los cánidos. En Norteamérica, los científicos han observado relaciones de simbiosis entre lobos y cornejas o cuervos... Los córvidos también llaman la atención de los lobos y los llevan hacia animales muertos para alimentarse con parte de la carne que queda después de que los lobos hayan desgarrado la piel del animal..."*.

Cuando el licántropo encontraba la muerte, estuviese convertido o no, tales aves aparecían para recoger su alma y llevarla al más allá; después de ello, jamás se les volvía a ver. Se cree que no sólo eran los encargados del transporte o transferencia, sino que la acompañaban en la eternidad.[8]

---

[8] Alrededor del cuervo, existen innumerables historias, simbología, mitología, leyendas, etcétera, una de tantas, es la conexión entre la muerte, el alma y el cuervo, misma que ha sido materia de diversos pronunciamientos, tales como en *El Ingenioso Hidalgo Don Quijote de la Mancha*, Cervantes señaló cuando Don Quijote le responde a Vivaldo qué quiere decir caballeros andantes: *"...los anales e historias de Inglaterra, donde se tratan las famosas fazañas del rey Arturo, que continuamente en nuestro romance castellano llamamos el rey Artus, de quien es tradición antigua y común en todo aquel reino de la Gran Bretaña que este rey no murió, sino que, por parte de encantamiento, se convirtió en cuervo, y que andando los tiempos, ha de volver a reinar y a cobrar su reino y cetro..."*
"... La tradición pudo proceder, directa o indirectamente, de la Bretaña Francesa, donde todavía es creencia popular que el alma, al salir del cuerpo, toma la forma de un cuervo..." Vide P. Sebillot, *le paganisme contemporain chez les peuples celto-latins*, París, 1908; pág. 342.
Este comentario y cita se extrajeron de *El Ingenioso Hidalgo Don Quijote de la Mancha*, Edición según el texto de Francisco Rodríguez Marín de la Real Academia Española. Ed. Editors, S.A. España 1992, Tomo I, p. 115.
Respecto de esta última leyenda, los folcloristas afirman que en Inglaterra no mataban cuervos por temor de que alguno fuese el legendario rey, creencia que persistió en Gales y en Cornualles como mínimo, hasta las últimas décadas del siglo XIX, véase, *Cuervo. Naturaleza, Historia y Simbolismo*, op. cit. p. 96.
Otro ejemplo del enlace entre la muerte, el alma y el cuervo, es el comic *The Crow* de James O'Barr que versa, en síntesis, de que el alma del personaje principal, Eric Draven, es traída de la muerte por un cuervo, en busca de venganza de quienes asesinaron en Halloween a su prometida y a él.

En los hechizados, nunca se registró este tipo de vínculo, quizá porque el alma del así reformado le pertenecía o ya había sido hurtada por la entidad oscura que los dominaba, y no al individuo, ni al animal o al monstruo con que se les "revestía".

Según se lee, en ninguna de las cuatro clases referidas, la transformación de mujer/hombre a lobo o su retracción, dependían de la voluntad de ellos, sino de condiciones exógenas a la persona o al cánido. Además, contrario a la creencia popular -salvo los embrujados (aunque no lo supieran), que eran dominados completamente por quien pronunciara el hechizo-, en su estado bestial, no perdían del todo, el control de sí mismos. Esto es, su humanidad no era abandonada cuando la fisionomía del lobo prevalecía; y en un efecto espejo, en su silueta humana, tenían conductas y rasgos que delataban al canino en reposo[9].

---

[9] Conforme a lo hasta aquí descrito, *ninguna* de las acepciones *"normales"* ya acuñadas de licántropo:

    a) *"¿Qué es la licantropía? La transformación de un hombre o una mujer en lobo, bien por medios mágicos, para permitirles disfrutar del sabor de la carne humana, bien por sentencia de los dioses, para castigar algún delito grave."*, concepto contenido en: *El Libro de los Hombres Lobo. Información sobre una Superstición Terrible*, op. cit., p. 35.

    b) *"licántropo, pa*
       Del gr. λυκάνθρωπος lykánthrōpos.
       1. m. y f. Persona que, según la tradición popular, se convierte en lobo las noches de plenilunio." Concepto extraído de:
       https://dle.rae.es/licántropo

Esta, es la historia de la quinta especie...

Resultan suficientes para encuadrar a los de la presente historia, pues contrario a tales conceptos, no son un "simple cambio, de humano a lobo", son algo diferente...

I. DR. AHARON LOTHBROK.

Cuando llegue el Crepúsculo de los Dioses, la
serpiente devorará la tierra; y el lobo, el sol.

**(Jorge Luis Borges, en colaboración
con Margarita Guerrero)**

En la región altamente boscosa, conocida antiguamente
como Gévaudan, hoy Occitania, Auvernia-Ródano-Alpes,
Francia, del año 1764 a 1767, hubo un misterio cuya verdad
nunca ha sido revelada. Por estadísticas oficialmente
reconocidas, 230 ataques, de los cuales, 121 fueron fatales, se
atribuyeron a lo que se denominó la "Bestia de Gévaudan".
Tal numeralia, por supuesto, sólo incluye humanos; no hay
registro de rebaños y demás animales también diezmados
bajo la misma causa. ¿Qué fue? Tal vez era un lobo, varios
de ellos, un animal nunca visto, un hombre, toda una
familia, quizás, un mero instrumento de control religioso,
social o político de las poblaciones; o algo más… pero de
la suficiente relevancia, como para que, con la endeble
justificación de acabar con ella, se aniquilaran infinidad
de lobos y colateralmente, otros animales. Aunado a ello,
no sólo autoridades locales (obispo y diócesis de Mende,
Vivier, de los Estados Generales del Languedoc, entre
otros), sino también, el mismísimo Luis XV (Rey de
Francia), afectaron sus arcas, ofreciendo recompensa para
dar cacería y muerte a la misma. Inclusive este último,
rodeado por sus ministros, convocó al marqués Antoine de

Beauterne -su propio arcabucero y teniente de caza-, para que terminara con el supuesto monstruo.[10]

******

Mende (hoy Departamento de Lozère), sur de Francia, septiembre de 1764, donde el otoño se aparta del verano ocultando al sol, la luna o cualquier astro en el firmamento usando espesas nubes, cargadas de precipitaciones cuya frecuencia hace descender la temperatura lo suficiente como para no olvidar suéter, abrigo, paraguas, sombrero o variados artilugios para hacerle frente -o siquiera, intentarlo-, a las inclemencias, que, entre más próximas al invierno, acentúan su presencia e intensidad; más aún, si consideramos que este año está dentro de la denominada "pequeña edad de hielo".[11] Al menos hasta

---

[10] Ver capítulo "*LA BESTIA DE GÉVAUDAN*", del libro, *Historia de los Hombres Lobo*, op. cit. p. 195.

[11] "Pequeña edad de hielo", denominada así por François Matthes, cuyo lapso temporal de desarrollo fue del siglo XVI, hasta mediados del XIX (1300 a 1850, aproximadamente), donde las temperaturas fueron inusualmente bajas, por lo que primaveras y veranos no fueron particularmente calurosos, sino, frescos; pero otoños e inviernos, recrudecieron en niveles hasta entonces no registrados (el pico -es decir, él ciclo más frío de esta edad-, fue entre 1680 y 1730), nevando en lugares donde no solía hacerlo, afectando, entre otras circunstancias, vida social, económica, flora y fauna de América del Norte, Europa y Asia; se dice que incluso, hasta las artes se vieron

las cuatro de la tarde de ese miércoles, no había llovido, pero lo grisáceo de las *nimbostratus* sobre la pequeña clínica, auguraban tormenta y vendavales en un futuro no muy lejano.

---

influenciadas por el clima. Por poner un ejemplo, la obra "*Los cazadores en la nieve*" de 1565, elaborada por Brueghel "El Viejo", refleja la tendencia a pintar sobre temas nevados, lo que podría derivar de esas alteraciones. Véase: FAGAN, Brian, *La Pequeña Edad de Hielo*, Ed. Gedisa, Barcelona 2008.

"*En 1595, Daniel Schaller, párroco de la localidad prusiana de Stendal, junto al Elba, sustentaba su convicción de un próximo final del mundo en el desolador panorama que se ofrecía a sus ojos: "La luz del sol no es constante, ni en el invierno ni el verano son estables. Los frutos de la tierra no maduran como antaño. La fertilidad del mundo disminuye; los campos están agotados; los precios de los alimentos suben y se extiende el hambre*". Texto visible en el artículo intitulado: "*LA PEQUEÑA EDAD DE HIELO EN EUROPA*", consultable en la liga: https://historia.nationalgeographic.com.es/a/la-pequena-edad-de-hielo-en-europa_18751. Es de precisar que una traducción similar de lo dicho por tal reverendo puede ser consultada en la obra de FAGAN, Brian, *La Pequeña Edad de Hielo*, op. cit. p. 146; incluso, el propio Obispo de Mende, Monseñor Gabriel-Florent de Choiseul-Beaupré, citado en *Historia de los Hombres Lobo*, op. cit. p.195, en la misa del último domingo de diciembre de 1764, expresó en relación al clima: "*¿Hasta cuándo, Señor, vuestra cólera, como si ésta tuviese que ser eterna? Con casi todos los pueblos de Europa, hemos sentido las calamidades de una larga guerra que ha despoblado las provincias y arruinado los Estados. Apenas comenzábamos a disfrutar los gozos de la paz, cuando ésta se ha visto perturbada por nuevas desgracias: la mortalidad de los animales, la alteración de las estaciones, el granizo y las tormentas han llevado la desolación y la esterilidad a nuestros campos...*"; así las cosas, tales pronunciamientos "eclesiásticos", diferenciados sustancialmente en tiempo y lugar (1595 en Prusia y 1764, en Francia), en opinión del autor, (en adelante, MAAB, por sus siglas), constituyen patentes ejemplos, de cómo el clima trascendía en el ánimo de los pobladores europeos.

-Buena tarde, mi nombre es Aharon, hoy seré su doctor y de antemano les ofrezco una disculpa por el tiempo que han estado esperándome -dijo aquel hombre (bien parecido, tenuemente apiñonado, ojos aceitunados, cabello largo, castaño y amarrado con un listón de seda azul, de unos 35 años; elegantemente vestido con una camisa de una blancura inmaculada, de cuello alto y puños largos con un leve encaje en los bordes, minuciosamente elaborado; sobre ésta, un chaleco morado, con relieves en hilos de plata, formando patrones helicoidales, garigoleados y suntuosos. Llamaban la atención sus botones de plata, finamente troquelados con su escudo heráldico, (dos dragones en sus soportes, un águila en la cimera, encima de un yelmo y en el punto de honor/centro un pequeño escudo con un árbol en alto relieve); calzas/calzones (pantalones ajustados) negros a la rodilla con detalles púrpuras, haciendo juego con la prenda superior; medias de seda negras, al parejo que sus zapatos puntiagudos con hebillas decorativas, hechas en plata; cubriendo el torso, una bata blanca -no como las que ahora usan los doctores, sino más bien, parecida a una capa, en vez de la casaca que usaba en horas no laborables-, todo el ajuar, hecho a la medida, bajo encargo; y era suficiente, para que la única piel al descubierto fuera, la del rostro y la de manos) al entrar a un consultorio modesto, pero bien equipado, estaba sonriente, aunque notoriamente apenado por la demora. Este pequeño debe ser Ricardo, ¡vaya!, como Ricardo Corazón de León, un Rey de Inglaterra. ¿Será que tenemos a un futuro Rey aquí? Usted debe ser la orgullosa madre.

-Buena tarde. Sí, doctor, soy su madre -contestó la mujer joven, de aspecto menesteroso.

-Cuéntenme ¿qué los trae hoy aquí? -les cuestionó el distinguido médico.

-Mi niño lleva dos días con fiebre y dolor de garganta. Le cuesta tragar y dice que se siente cansado, no ha podido dormir bien; ayer por la mañana lo revisó el doctor del pueblo y dijo que era una simple fiebre, pero ya antes se ha enfermado de eso y no me parece lo mismo.

- ¿Cómo te sientes? -le preguntó Aharon al infante.

-Mal, me duele la garganta -contestó Ricardo con una voz tímida.

-Bueno, veamos si confirmamos el diagnóstico del colega o las sospechas maternales -se paró frente al niño y con suma delicadeza, tomó su temperatura, su pulso, auscultó su ritmo cardíaco y pulmones, poniendo su oído en el pecho y percutiendo el tórax, vio la inflamación en su garganta, llamándole la atención, la superficie de la lengua cubierta con una pequeña capa blanca y manchas rojas, miró inicios de erupciones cutáneas en cuello y brazos-, mmm, me temo que su instinto materno está en lo cierto, no es una simple fiebre, se llama fiebre escarlata justo por el color rojo de las pequeñas erupciones que vemos aquí, como si fuera piel de pollo -señalando sus extremidades y cuello-, si en casa no hay alguien con los mismos síntomas, pudo contagiarse por quien sea y donde sea.

No se sabe el origen y no existe aún, una medicina en específico que la cure. Unos colegas han tratado con varios remedios, como sangrías, eméticos, es decir, sustancias que inducen el vómito, algunas hierbas o el mero descanso; en lo personal, no he visto que funcionen. Es muy probable que no se esté acometiendo la causa subyacente, por lo que en principio recomendaré aislamiento, hidratación continua y cuidar su alimentación. ¿Tiene alguna alergia?

-No, no tiene alergias, -expresó la angustiada joven.

- ¿Ha tomado algo para combatir la enfermedad?

-No, doctor.

-Muy bien, trabajaremos urgentemente en unas infusiones para bajar la fiebre, la inflamación y tratar de que la apariencia de su lengua y su piel vuelvan a la normalidad. Mientras tanto, ponga paños de agua fría en su frente, aunque esto último en realidad no es un remedio. Vuelva usted mañana por la tarde; Marie mi asistente, le proporcionará los brebajes, junto con las indicaciones de suministro.

Esperemos que con un par de semanas tomándolas, mejore. Pero, aun así, mi asistente le tomará unas muestras de sangre y de la garganta para analizarlas con detenimiento. Tengo un excelente colega que da clases en la Universidad de Douai, lo contactaré y a los que fueron mis profesores en la Facultad de Medicina de París, para saber si existe algún avance, tratamiento diverso o novedoso.

-Muchas gracias doctor Lothbrok. Acepte, aunque sea, estos sous,[12] no tenemos mucho.

---

[12] Antigua moneda francesa.

-No se aflija, mis asistentes debieron informarle que aquí no se cobra nada a nadie, ni medicamentos o nuestros servicios; lo que usted o cualquiera requiera, es completamente gratuito. No se olvide de regresar mañana por la tarde, y cuide muy bien de este chiquillo.

-Así lo haré.

-Y tú muchacho, mejórate pronto para que seas tú quien cuide a tu mamá y le ayudes a los quehaceres del hogar -le aleccionó Aharon, aunque en ese tiempo y lugar, las actividades de casa, no eran propias para los hombres, por lo que tal afirmación causó en la mujer, cierto sentido de rareza, que a la par, la hizo fruncir el ceño.

-Sí doctor -afirmó el niño.

Esa fue la última consulta que dio Aharon en el ocaso. El horario de atención de su pequeña clínica, era de lunes a jueves, de ocho de la mañana, hasta las tres de la tarde; sin embargo, la gratuidad y la excelencia en sus servicios, eran conocimiento extendido ya por varias provincias por lo que tenían muchos pacientes y rara vez concluían sus labores, sino pasadas las cinco. Viernes y sábado no descansaban; junto con Marie -su eterno amor-, visitaban pacientes en seguimiento o aquellos que no se podían trasladar hasta ahí.

La pequeña clínica, fue adaptada a costa, por instrucciones del propio Aharon, en la capilla inconclusa y anexa a la mansión de arquitectura gótica que heredó de su padre, edificada a su vez, por el abuelo Lothbrok, alrededor del año 1470, en un terreno con una vasta extensión, de unos doscientos acres, ubicado a cuarenta minutos a pie, al norte de la capital Mende. Para llegar tan solo al anexo-médico, era un trayecto de quinientos metros; saliendo del camino que conducía a la ciudad y de tal construcción aledaña hasta la residencia principal, eran otros diez minutos caminando. Toda obra ahí levantada, estaba rodeada por un amplio y espeso bosque de, entre otros, pinos, abetos y robles; en esta época del año la envolvía una ligera niebla.

******

A medianoche, un grupo de hombres armados -loberos de oficio-[13] atravesó, bajo la lluvia, todo el jardín frontal, topándose con una hermosa fuente custodiada por la estatua de una quimera, a la que rodearon. Subieron las escaleras en forma de herradura,[14] cruzaron la terraza, y por fin, llegaron al portón de aquella fastuosa mansión (tallado a mano de un solo tronco de sicomoro, cortado y trasladado desde Grecia, con estupendo herraje italiano).

---

[13] *Meneur de loups* (lobero) *"Los loberos empezaron siendo especialistas en lobos. Allí donde éstos medraban, las comunidades rurales contrataban sus servicios profesionales para que encontraran los cubiles, acecharan a los adultos, les dieran muerte y capturaban a los lobeznos para exhibirlos más tarde en los pueblos. A cambio de su trabajo recibían una remuneración que, en razón de la creciente demanda, fue aumentando progresivamente."* Extracto obtenido de la obra *Historia de los Hombres Lobo,* op. cit. p. 261.
[14] Si bien este tipo de escaleras son más icónicas de la arquitectura renacentista y no propiamente góticas; para 1470 (fecha en que se construyeron), ya se vislumbraban semillas del renacimiento.

Sabían a quien le pertenecía tan magnífica casa de tres niveles: a un excelente cirujano dueño de una pequeña clínica gratuita construida en el anexo, que conservaba tanto fachada como vitrales de la otrora capilla y que "recién pasaron"; cargaban en una camilla -improvisada con algunas de sus prendas, ramas y troncos encontrados en el camino-, herido de bala, al que ya se consideraba un hombre, frisando lo dieciocho años (tiempo después, se sabría que el nombre del baleado, era Adam), con ropa sucia, desgarrada, ensangrentada y sin calzado. Tocaron enjundiosamente la campana, al no obtener pronta respuesta (salvo por los ladridos de Nuage y Arqui, hembra y macho; ella de la raza que actualmente se conoce como lebrel afgano de color miel con negro; y el, mestizo, de color gris jaspeado, resultado de la cruz de una loba y un perro) y por la premura de la situación, golpearon el portón, como si el sicomoro aun estuviera de pie y quisieran derribarlo solo usando las manos. Despertaron a todo aquel ente dormido, pero fue Pierre, quien después de dar la orden de silencio a los canes, asir y cargar el mosquete que siempre lo acompañaba, abrió:

- ¿Quiénes son ustedes y cuál es el apuro que les da justificación para invadir estas tierras? -preguntó con tal seguridad y serenidad, dejando ver, a la vez, el mosquete en su mano derecha.

Aquellos hombres, normalmente no encontraban tal afronta (ni aun en los de alta jerarquía militar o nobles respetados), pues su aspecto rudo, desatendido y el hecho de que siempre andaban en grupo, con perros entrenados para la caza, causaba incomodidad a su paso, desvío de miradas, y un consentimiento forzado alineado a sus intenciones. Acostumbrados a ello, la actitud de Pierre, provocó en todo el séquito esa misma incomodidad, creando por unos segundos, silencio entre todos ellos.

- ¡Buscamos al Doctor Lothbrok! ¡Ha ocurrido una desgracia! -dijo el que sin duda era su Capitán Jean "El Gargo" rompiendo así, la tensión apenas formada y dejando ver, al muchacho que cargaban sus hombres en esa camilla maltrecha y a punto de resquebrajarse (Gargo no era su apellido, sino su apodo, pues Jean era famoso por uno de sus métodos de caza, que no tenía mayor complejidad que el quedarse por horas completamente inmóvil, como si fuera una "gárgola", en espera de su presa. Una vez, pasó día y medio en ese estado, sin siquiera comer, dormir u orinar, sólo para dar captura a un oso).

-El doctor Lothbrok no atiende emergencias y menos, en mitad de la noche. Tendrán que ir al Hospital de Mende, que se encuentra a una media hora a caballo -contestó Pierre con esa misma tranquilidad.

Recuperando esa altanería que lo caracterizaba y empuñando el arma que traía en su cintura, Jean replicó:

- ¿Y quién eres tú, para decidir sobre el señor de la casa?

-Buenas noches ¿qué está pasando aquí, porqué tanto alboroto Pierre? -indagó Aharon; interrumpiendo, y así lo pretendía, el movimiento que Pierre ya había calculado en fracción de segundos para someter a Jean y apuntar con el mosquete al hombre más cercano a este. Aharon no estaba dormido, sino en su estudio, adaptado como laboratorio, preparando -entre otros-, el medicamento prometido al niño Ricardo, al que también pensaba apoyar con una pequeña canasta de despensa, asegurándose o suponiendo así, que siquiera por unos días consumiría una dieta adecuada.

- ¡Doctor, doctor! Ruego nos dispense el estar aquí a estas horas, ¡ayúdenos, es una emergencia, este joven ha sido herido de gravedad! - dijo Jean con notorio apuro en su voz.

Ni bien acabó de hablar, cuando Aharon, con la inteligencia que lo caracterizaba, ya sabía a qué se dedicaba Jean, que era zurdo, con entrenamiento en armas, las partes del bosque en dónde había estado previo a que llegara a su puerta, la jerarquía que guardaba frente a aquel grupo de loberos, y hasta su grado de inseguridad; lo había analizado solo por inercia: sus palabras, aspecto, rigidez en su postura, lenguaje corporal, vestimenta, los rastros de vegetación (hojas, ramitas y brizna) y tierra, pegados a la misma, las plastas del lodo en su desgastado calzado y un arma modificada que colgaba de su cintura.

- ¿De gravedad, ha dicho? Si usted ya lo ha valorado, ¿por qué acude a mí? ¿Quiere una segunda opinión? ¿Es doctor? No, no lo creo. Deje las valoraciones a quienes sí lo somos, a quienes protegemos y cuidamos de la vida, en vez de expoliarla a cambio de unas simples monedas.

Esa actitud segura y altiva, ya no sólo del mayordomo (con funciones de escolta), sino también del señor de la casa, bastó para causar en la caravana de asesinos, incluido Jean, un alto nivel de sumisión. Aharon se acercó al hombre, que yacía inconsciente en la camilla improvisada, e inspeccionó el orificio de entrada en el pecho, sin encontrar en la espalda el correspondiente al de salida. Advirtió, alrededor del mismo, tejido necrótico; además, el herido mostraba dificultad respiratoria. Verificó su pulso, y acercando el pequeño candil que portaba a la cara de Adam, le abrió los párpados, corroborando la reacción pupilar.

- ¿Hace cuánto fue herido?

-Un par de horas, cuando mucho.

-Está bien, sólo por esta ocasión y derivado del estado crítico de este muchacho, pasaré por alto su insolencia e invasión a mis terrenos. Pierre, condúcelos al estudio y despierta, si es que esta bulla no lo ha conseguido ya, a Marie. Preparen lámparas, agua caliente, sábanas limpias y mis instrumentos, que yo iré por mi maletín.

Nuage y Arqui, quienes hasta ese momento permanecieron como un dueto de esculturas por la orden de Pierre, se movieron con la simple mirada de Aharon para seguirlo.

Una vez que todos entraron, a punto de cerrar la puerta detrás de ellos, Pierre miró un enorme cuervo negro posarse en la barda de la terraza y sacudirse un poco del agua que lo empapó -un tipo de augurio-, pensó.

-Nadie dentro de esta propiedad, porta armas, es una instrucción del doctor. Caballeros, les ruego me entreguen cada una de las que traen consigo -dijo Pierre a los loberos.

Para ya no generar confrontación alguna, el Gargo dio la instrucción a sus hombres de que entregaran sus arcabuces y demás artefactos de ataque, quedándose él, con un cuchillo que guardaba en su bota.

-También ese cuchillo que hay en su bota izquierda capitán -le ordenó Pierre, a lo que, con descontento, tuvo que acceder Jean.

Pasaron al menos, unas tres horas, desde que Aharon y Marie -a puertas cerradas-, intentaban salvar a aquel hombre herido. Había sangre por todos lados: en el escritorio -que hacía las veces de mesa de cirugía-, instrumentos, toallas, en la ropa de Marie y de Aharon.

La bala de plata que logró extraer causó en cuestión de horas, una notoria y anormal necrosis en el tejido atravesado y todo órgano adyacente al corazón, como si hubiera estado envenenada y su sólo contacto detonara tal reacción y su pronta propagación. No obstante, la curiosidad innata de Aharon hizo que ampliara la incisión realizada en el tórax de Adam, a fin de examinar su corazón que aún no se había contaminado. Era de una hipnótica tonalidad carmesí, no parecía el de un hombre de 18 años o siquiera el de un humano. Era más grande y pesado de lo que debía ser para alguien de su complexión, por lo que apenas cabía en su cuerpo (en 13 años de ver infinidad de corazones, el médico nunca se había encontrado con una hipertrofia cardíaca).[15]

-Debió bombear sangre a un ritmo impresionante, probablemente causando diversas dificultades en este cuerpo enclenque... este pobre hombre no es digno, ni está a la altura de semejante corazón. ¿Cómo? ¿Por qué llegó a él...?

¡Qué desperdicio de órgano! -murmuró Aharon.

Lo sostuvo firmemente en su mano derecha; ahí fue cuando el mundo a su alrededor desapareció de su vista. Cerró los ojos; algo le indicó que estos no le serían de utilidad para los siguientes eventos. Los últimos latidos de Adam se desvanecieron en la mano de Aharon, pero no sin antes de que la intensa vibración de cada uno de ellos, hiciera eco en todo el cuerpo del doctor, hasta acariciar su alma, pudiendo así percibir lo que su vista de humano no: tiempo... espacio... luz... oscuridad... poder... hambre... una loba negra despierta, pero en dulce contención...

- ¡El corazón de un Dios, no debe latir en el cuerpo de un simple hombre! Ahora sé porque existe y llegó aquí, frente a mí -sin más, Aharon lo arrancó del pecho abierto de Adam y lo comió de tres bocados.

---

[15] Fue en el siglo XVII, que el médico británico William Harvey, en su obra, *Ejercicio Anatómico sobre el Movimiento del Corazón y la Sangre en los Animales*, publicada en 1628, describió el corazón anormalmente grande y las dificultades que este causaba en el funcionamiento cardíaco.

…abrió los ojos, es como si el tiempo no hubiera pasado, ahí estaba Marie, mirándole fijamente:

- ¿Asustada? -le cuestionó él a ella.

-Egoísta -contestó ella, y sin apartarle la mirada, se acercó, lo besó en los labios, no con un beso de lujuria, sino más bien de conexión, lamiendo con dulzura toda la sangre que había quedado alrededor de su boca.

Al cabo de un rato y por supuesto, sin rastro alguno de lo que había comido, Aharon salió del improvisado quirófano. Se acercó a Jean, quien esperaba impaciente en el vestíbulo, y en un tono irónico que hacía referencia al encuentro que tuvo lugar cuando éste llegó a su puerta, le comentó:

-Estimado *"colega"*, me temo que acertó en su prognosis. Hirieron de gravedad al joven. Sus órganos estaban muy daños, con hemorragias internas, por lo cual perdió mucha sangre. Hice todo lo posible por salvarlo, pero se ha ido.

Jean no se veía afectado. Al contrario: su expresión era de alivio.

-Parecía un gitano o un esclavo que se atravesó en la línea de fuego de nuestra cacería; uno de mis hombres, sin así quererlo, lo hirió. No había una razón para que deambulara sólo por el bosque a estas horas -el Gargo no dijo nada sobre el lugar de esos fatídicos hechos y continuó:

Estamos aquí por órdenes del Conde de Gévaudan, para aliviar del flagelo divino que representa la "Bestia de…

-Ah, es usted un lobero. – lo interrumpió Aharon a la vez que fingía sorpresa; asimismo, en un ligero desvío de mirada de Jean, su insistencia de llevarse el dedo a la nariz y su tono de voz, el doctor detectó mentiras, probablemente acerca de dónde lo hallaron y la forma en que hirieron al mancebo. La deflagración de la pólvora había dejado sutiles quemaduras alrededor del agujero que la bala dejó en la camisa sucia de Adam, sugiriendo que el disparo había sido a boca de jarro- Bueno, eso explica que usaran una munición de plata; pues sin duda, este joven no tiene pinta de lobo, y dista mucho de ser la "Bestia" de Gévaudan.

- ¿Usted la ha visto? ¿Cómo sabe su aspecto? No muchas personas viven después de tener la desgracia de toparse con ella -le inquirió Jean.

- ¿Es esto un interrogatorio o una acusación? Le sugiero guarde para sí sus comentarios. Estaremos lejos de Francia, pero el doctor Lothbrok, se encuentra bajo la protección de su Majestad, -dijo Pierre mientras caminó hacia Jean sin portar su mosquete, pero listo para neutralizarlo y sin importarle todo el séquito que había comido, descansado al menos un momento y tenía las manos libres para repeler cualquier ataque.

Al oír esto, más la notoria disposición de Pierre para hacerles frente, no solo Jean, sino toda su comitiva, encogieron los hombros y desviaron la mirada, dirigiendo involuntariamente el rostro hacia abajo. Aunque eran los mismos, parecían más pequeños que cuando llegaron. Con una increíble calma y sin alteración alguna, Aharon replicó:

-Tranquilo, viejo amigo, el capitán sólo está perturbado por los hechos y su infructuosa búsqueda de la Bestia. Volvamos a nuestra plática…

Hace tiempo que no se ven gitanos por estas tierras; -continuó- pero descuide, yo haré los arreglos necesarios para investigar quién fue este pobre hombre y darle una adecuada sepultura, conozco bien al gobernador y sé, que, de ser necesario, entenderá que esto, sin duda, debe ser tratado como un simple error.

Aharon sabía que, con el supuesto favor, evitaría llamar la atención; sobre todo, si el joven resultaba ser de la región. Además, al hacer "los arreglos necesarios", cubriría con facilidad el "desliz" que tuvo al devorar su corazón; sin duda, no era la primera vez que lo requería. Además, podía investigar la causa del tejido necrótico que halló, lo cual hasta ese momento atribuyó sólo a una infección grave o tal vez, una alergia a la plata. Evitó hacer comentario alguno con Jean, quien ya para ese momento de manera inconsciente, demostraba derrota y no sólo eso, sino que, además, debía un gran favor.

-Doctor, ruego me disculpe. No fue mi intención causar exabrupto y menos, después de que sólo hemos obtenido cortesías de su parte. Tiene toda la razón: este joven no se parece a la Bestia, fue un accidente cometido por uno de mis hombres. Estamos a su entera disposición para cualquier situación que usted requiera -afirmó Jean cabizbajo y con la voz temblorosa.

La persistencia del Gargo, para "reconducir" los hechos hacia uno de sus hombres, parecía más bien, indicativo de los propios.

-Pierre, regrésales su armamento y acompáñalos al pabellón. Pueden, si así es su deseo, acomodarse ahí hasta el amanecer, cuando deberán partir, pues su presencia aquí ya no tiene sentido alguno. Capitán, por último, dos cosas: la próxima vez que ingrese a mi propiedad sin previa autorización no seremos tan gentiles; y la segunda, deje de poner veneno en los estanques y demás cuerpos de agua, ¡le aseguro, que no sólo la Bestia podría tomar de ellos...! Sin esperar respuesta o agradecimiento de Jean, Aharon volvió a entrar al estudio -en funciones de quirófano-, con Marie. No dijo palabra alguna. Puso cerrojo en la puerta para no ser molestados. Se acercó por detrás a Marie, y la tomó con fuerza por el cuello, girando solo su cabeza hacia él. Colocó su otra mano en el vientre, y haciendo que sus ojos se encontraran, la besó en los labios. La energía que fluía entre y a través de ellos, no era de simple lujuria, iba mucho más allá.

Ella, abruptamente, lo detuvo. Se volvió hacia él, y rasgó su camisa; con su mano derecha, lo jaló del cabello haciendo su cabeza para atrás, dejando su cuello sin defensa. Lo atacó, primero con besos y lambidas, y luego, con un firme mordisco lo sangró y bebió de su herida a la vez que le arañaba la espalda. La sumisión no era característica de alguno de ellos; sin embargo, había momentos, sólo entre ambos, en los que se dejaban "vencer" para beneficio o placer del otro.

Era turno de él. Arrancó con excesiva facilidad toda la ropa de ella y ahí estaba, su cuerpo entero desnudo, con numerosas y muy variadas lesiones; unas leves, otras no, unas cicatrizadas, otras no. Todas ellas, de una sola procedencia, medio y destino: el lazo entre ellos. ¿Y el cuerpo de él? Igual, marcado y magullado por ese vínculo. Entonces... la mordió.

Al cabo de un rato de hacer el amor salvajemente, ambos quedaron dormidos.

En el cantar de las aves.

El olor a tierra, hierba y árboles mojados; plasma de tres tipos diferentes, un cuerpo de hombre en descomposición, otro más... el de una mujer ¿con vida? Su cabello, su aliento, su cuello, sus pechos, su vientre, su sexo, todo su aroma,[16] que al combinarse con el de la sangre coagulada, generaba algo jamás percibido (al menos, no conscientemente). Piernas, pies, manos, uñas, en algunas de ellas, residuos de piel y más sangre seca; en cuestión de segundos, pudo esbozar no solo cada uno de tales elementos a través del olfato, sino también, su exacta ubicación respecto a la de él. No eran imágenes de sus recuerdos; esos, los trae la mente al presente, recogidos desde el pasado. No, no, esto era distinto: era la construcción de todo su entorno actual, únicamente a partir de aromas.

- ¿Cómo era eso posible? -se cuestionó, asimismo.

---

[16] Léase "feromonas", sin embargo, no existe registro de estas partículas químicas producidas naturalmente, sino hasta 1959.

Sin duda, era de mañana: el cantar de las aves así lo anunciaba. Intentó oír más allá o con más detalle, intentando con su *oído*, lo que segundos antes había logrado con su *nariz*, pero fracasó.[17]

Él, desnudo, tirado en el piso de mármol italiano, al mover su mano, pudo sentir la frialdad del mismo. Lo aquejaba un terrible dolor de cabeza y de todo el cuerpo, como si hubiera corrido de su casa al Chateau de Portes[18]. Repentinamente, su *tacto* topó con Marie. Percibía la exquisitez de su piel, sus latidos, pese a tener los ojos cerrados. No los quería abrir, pues aún a través de aquella *"oscuridad"* traída para sí por sus párpados, reconocía a su amor, no en el diseño "humano" conocido, sino en una clase de fluido y energía multicolor que contrastaban con la negrura inexplorada hasta ese día. A veces parecía que dominaba el blanco, en otras, el negro, rojo, dorado, extendiéndose hacia todo espacio que los rodeaba; unida a él, pero no por ello limitada. No entendía qué pasaba, pero sabía exactamente dónde estaban físicamente y que el día comenzaba, que no se trataba de un sueño, sino de una realidad que transcurría fuera de la luz... fuera de lo que invariablemente había visto toda su vida...

- ¿Todo eso, siempre está ahí? ¿En la *oscuridad*?

Dentro de esta insólita *"dimensión"*, cada latido de ella, de su amor, no sólo lo *sentía*, sino a la vez, lo *miraba* desde

---

[17] Se sabe que algunas variantes de lobos al nacer son sordos y ciegos.
[18] A unos 50 kilómetros del sureste de Mende.

su brote y cómo se movía hacía él, usando su mano como si fuera un puente físico. A su vez, cada latido que de él emanaba, hacía eco en ella, causando en esa energía, un ir y venir de breves destellos y efervescencia que se perdían de a poco en la negrura. En ese fluido que también eran, podía *ver* cierta distorsión, cual si fueran ondas en el agua, que se replicaban hasta disipar su intensidad y desaparecer.

Por fin abrió los ojos. Su vista fue constatando bajo la claridad del día, cada elemento que sus otros sentidos ya tenían plenamente identificados; se detuvo en la blancura de ella, desnuda, de espaldas, su cabello largo, rizado y castaño caía hacia el suelo, creando un perfecto contraste consigo misma y con su entorno. Negó lo que sus ojos percibían y tuvo que recorrer con sus propias manos la piel de Marie, surcando a detalle su esbeltez, las marcadas curvas de su cintura y caderas, los hoyuelos de venus, sus nalgas; toda ella suave, aterciopelada, más de lo que lograba recordar. No había rastro de heridas recientes, solo ya, de algunas cicatrices viejas, pero notoriamente desvanecidas, cuya ubicación todos sus sentidos conocían a la perfección, obtuvo a cambio de tal reconocimiento, vellos erizados; y al cabo de un breve instante, que ella también despertara. Lo miró de reojo por sobre el hombro, se sonrieron, se perdieron en un beso, no necesitaban hablar para comunicarse, ahora con su amor, se unían a la exploración del todo.

II. LA LUZ EN EL TIEMPO. DOS LUNAS.

Entre los misterios de una humanidad fracturada,
éste es uno de los más notables:
aprender hacer posible el cambio.
(Sofía- William Paul Young)

Día y noche, la dicotomía del tiempo; resultado de la suma de múltiples factores, como la existencia del sol; la tierra, su posición, movimiento, composición...

La presencia del sol proyectada hacia la tierra torna perceptible para el ojo humano, parte de la vida que la habita; empero, hay quienes no quedan al descubierto bajo el gobierno de tal estrella. No obstante, también encontramos belleza y fealdad en ellos, en los que no requieren de una luz intensa para mostrarse, sino de una diversa... una cuya sutileza, es su principal atributo.

Transcurrieron unos veinte soles y sus respectivas ausencias, desde que fue devorado el corazón de Adam. Marie y Aharon, día con día experimentaban crecientes cambios intelectuales, sensoriales conductuales y físicos; en estos últimos resaltaban, la mayor presencia de vello en sus cuerpos, definición y endurecimiento de su masa muscular. Por supuesto, dedujeron qué fue lo que detonó todo, pero no tenían manera de prever, lo que revelaría en esa noche, la luz de la luna llena.

Durante ese día, no sucedió nada sustancialmente relevante. Ambos trabajaron en su clínica desde temprano hasta entrada la tarde; por fin cerraron, comieron, y alrededor de las siete de la noche, se fueron a su cuarto, al que todos, incluido Pierre y con la excepción de Nuage y Arqui, tenían estrictamente prohibido entrar o interrumpirlos, salvo para la limpieza diurna (Aharon siempre tuvo aversión a que la gente en lo general, tocaran directamente con las manos sus pertenencias; todo aquel que le prestaba sus servicios, incluido Pierre, siempre portaban guantes, por lo tanto, despedía a todo aquel que no siguiera la indicación).

El abuelo de Aharon mandó diseñar para su construcción -sin saberse la verdadera razón-, pasadizos ocultos. En esencia, era un laberinto disfrazado de mansión y que antes de Marie, sólo conocían medianamente los Lothbrok. En el fondo de la gran chimenea de su habitación, se camuflaba la puerta hecha de loza, entrada de un corredor que conectaba el interior entre sí y hacia el exterior, con los jardines y debajo del anexo-clínica, donde tenían varios cuartos, todo un entramado circuito de túneles; muchos de ellos, a la fecha inexplorados.

Desde lo de Adam, casi todas las noches, incluida esta, abandonaban el inmueble principal por ahí; se adentraban al bosque, tocando los límites de sus habilidades adquiridas, agilidad, fuerza, los sentidos cada vez más afinados, y practicaban la caza de conejos y ratones de campo; hasta ese momento, ni una presa de grandes dimensiones. Aunado a ello, se herían mutuamente, sin duda esto último, nada novedoso; pero ahora, su pretexto no era el placer, sino una mirada en los confines de su regeneración. Si bien, todo lo hacían ya terminada la tarde, también lo es que, durante el día, su dinámica no variaba en gran medida. Toda hora representaba para ambos, una posibilidad para aprender de sí mismos -cual si fueran nuevos en este mundo, pero realmente no-, aunque en el horario diurno, las lecciones debían revestirse de sutileza, tentando cualidades en ambiente diverso. Como su creciente inteligencia, que no dudaban en destinarla al beneficio de sus pacientes y a la elaboración artesanal de medicamentos.

Llevaban ya un rato caminando y ni bien comenzó la luna llena a cubrir con su cobijo el valle, cuando ambos gritaron del dolor inmenso que sintieron en la base de la columna vertebral, dolor que los recorrió en ascenso, alcanzando el cerebro. Primero se arquearon, acto seguido, cayeron sobre sus rodillas, posando las manos en la tierra, quedando en cuatro patas. En un instante, sus ojos cambiaron a un amarillo intenso; los de Marie, además, con unas líneas azules, naranjas y rojas en el iris; los de Aharon, con algunos matices carmesíes.

Los huesos de su cara, de sus extremidades y de todo su cuerpo, parecían quebrarse, a la vez que se agrandaban a lo largo y ancho, ensamblándose con celeridad para una estructura y diseño bestial. Tronaban, pero ese sonido fue opacado por los gritos de dolor; sus pieles (blanca y apiñonada, respectivamente), se perdieron en un espeso pelaje que las cubrió de lleno. Sus orejas mutaron; su nariz y boca fueron intercambiadas por un hocico; los dientes por largos y afiliados colmillos; cerca del punto en que inició el dolor, una hilera de vértebras de grandes a pequeñas, se abrió paso, revistiéndose de músculos, dermis y pelo, creando una cola. Sus manos, rediseñadas para dedos y palmas con almohadillas, quedaron culminadas en garras excesivamente prolongadas y afiladas. No parecían las de un animal: grises, casi plateadas, cual si fueran de metal, y su pulgar, sustituido por uno más pequeño con un espolón en forma de hoz cuatro veces más grande que su propio soporte.

La transformación duró en Aharon un minuto dejándolo exhausto.

Marie tardó más. De su espalda, en específico de sus omóplatos, se extendió hacia fuera, desgarrando y sangrando su piel, un armazón óseo y alado, con huesos de todo tipo, que empezaron a moverse de manera independiente a ella, y fueron envueltos rápidamente por músculos, una delgada membrana y plumas negras. Eran un par de alas, grandes, pero no lo suficientes, desproporcionadas al gran tamaño que estaba adquiriendo Marie. De pronto, primero del lado derecho y luego del izquierdo, *eclosionaron* dos cuervos. Cuando se liberaron por fin del cuerpo de Marie, sintió tanto dolor que se desmayó unos minutos. Quedaron sendas heridas cuyas cicatrices, en cualquier mujer jamás se hubieran desvanecido. No era el caso de ella, pues al cabo de unos segundos, en su piel peluda ya no quedaba rastro alguno. Las aves (hembra y macho, los dos elegantes, la hembra de aspecto pinto, negro y blanco, el macho completamente negro), si bien, eran nuevas en el mundo, su aspecto no era el de un corvato, sino de animales en su madurez. Volaron y se posaron en el árbol más cercano, mirando desde una rama.

Ahí estaban, Marie y Aharon, dos licántropos; lobos esculpidos sobre un trozo de mármol humano. Ni Buonarroti pudo haberlo hecho mejor; recién "nacidos", fue hasta que el sol moduló su presencia -con la luna llena de por medio-, que la luz y la atracción, cincelaron tal belleza.

Marie, de unos dos metros de largo, pelaje mayormente blanco, con una especie de velo negro y gris que causaba un efecto jaspeado, que cubría desde sus cejas, recorriendo su lomo y hasta el final de su cola. ¿Su ropa? Aún colgaba de ella, pero ya hecha guiñapos.

Los pájaros, que únicamente salieron de su espalda y no de la de Aharon, eran entes independientes, pero íntimamente vinculados a su energía. Pronto descubriría que podía extenderse en tiempo y espacio a través de ellos.

Aharon, poco más de dos metros de largo, completamente negro, salvo dos vetas blancas paralelas que corrían desde encima de sus ojos y se unían creando una sola en la parte posterior de su cabeza hasta desvanecerse sobre su lomo. Ni pantalón o camisa se salvaron del sobre estiramiento y reconfiguración de su portador. Se veía la diferencia entre él y ella por la musculatura, más desarrollada en uno, pero más delineada en la otra.

Se quedaron en silencio, conociendo y reconociéndose con cada sentido que una vez más, habían sido potencializados. El pelaje, como una pintura fresca que aún en penumbras, encuentra luz suficiente para brillar; olores que antes, simplemente no estaban y otros, que ahora fueron mezclados con los anteriores. Se restregaban uno en el otro, descubriendo que ello, no sólo implicaba transmisión y recepción de información, sino también de energía y emociones, a la vez que las activaban. Retozaban cual lobeznos, ni en Marie o en Aharon había temor, enojo, odio, incertidumbre por su mutación. Era una emoción llena de alegría lo que colmaba aquel instante... aquel lugar... cuando de pronto un sonido irrumpió, poniendo a los cuatro en alerta. Los paseriformes[19] encontraron el origen: un par de ratones de campo persiguiéndose. Marie lo supo, no ante sí y con sus propios ojos, sino que esas aves se lo comunicaban al instante; descartó que los roedores constituyeran una amenaza y regresó al momento que compartía con Aharon, a quien sin usar lenguaje diverso que con el que se estaban conociendo, lo puso al tanto de los pequeños animales.

Aharon se erigió en dos patas. Era realmente imponente, con la altura de un oso grizzly. Aulló por primera vez, y Marie lo imitó. Regresaron a su posición de cuatro patas y empezaron a correr a una velocidad no perceptible por el ojo humano. Sin darse cuenta, viajaron decenas de kilómetros en una línea recta casi perfecta, desde su casa hasta donde ahora se encontraban. Ella lo superó en velocidad; los pájaros desde el aire, los seguían sin mayor

---

[19] Orden de aves al que pertenecen los cuervos.

esfuerzo. Continuaron el resto de la velada explorando las máximas alcanzadas con este rediseño; por supuesto, tampoco podían anticipar que, al alba, recobrarían con el mismo dolor, su figura humana.

Más por instinto que por voluntad, regresaron a la mansión, faltando un par de horas para el amanecer. Se escabulleron al interior del anexo, a los cuartos ahí ocultos (las aves no ingresaron, anidaron desde esa luna, en el más bello pino aledaño). Empezaron a dormitar, pero una vez más, los trastocó un inexorable dolor, el de la regresión de licántropos a mujer y hombre respectivamente, quedando no desmayados, pero si dormidos frente al cansancio acumulado.

Pasaron unas horas, ambos tirados en el suelo y desnudos. Marie fue la primera en despertar: con la vista, recorrió su delineado cuerpo; después, con sus manos ya sin garfas, buscó rastros de lo que, hasta hace poco, era su cola que ya no estaba. Sus omóplatos, sin marca alguna de los córvidos que eclosionaron la noche previa. Solo tierra, mugre, hierbas en su piel, entre su cabello y sus uñas quedaron como recuerdos.

- ¿Esto ocurrirá todas las noches a partir de hoy? -se preguntó para sí.

Una vez que logró despertar a Aharon, tuvieron que correr encuerados a su habitación. Se estaba haciendo tarde para abrir su pequeña clínica y la gente llegaba muy temprano para ser atendida. Afortunadamente, nadie presenció su regreso.

El día transcurrió sin mayor novedad, salvo por la ansiedad de que llegara la noche y constatar si se repetiría la dolorosa conversión. Una vez terminada su jornada médica, aceleraron la cena y la retirada a su aposento para escabullirse una vez más. Si bien la extensión de su propiedad y las instrucciones al personal a su servicio, les aseguraban cierta intimidad y, por tanto, no ser molestados, al menos Marie, sentía adrenalina bajo la posibilidad de ser descubiertos, lo que lejos de desalentarla, la incitaba más.

Al salir del anexo, ¡*cras, cras!*[20] su atención fue atraída por el graznar de los cuervos. Marie ya había intuido la relación entre los tres; no eran sus mascotas, sino sus guías, por lo que su presencia no hizo más que traer aparejada alegría y tranquilidad en ellos. Por instinto, les hizo una seña. Ambos bajaron y se posaron en sus hombros, saludándola, batiendo sus alas. Ella devolvió el gesto juntando su cabeza con la de cada uno de ellos (desde ese día, los bautizó como Silas y Ain). Emprendieron el vuelo, y Aharon y ella, su caminata. Por fin llegaron al mismo valle donde habían descubierto su condición de licantropía. Esperaron una hora, luego dos. Nada, ningún cambio. Miraron la luna que ya no estaba en plenitud, pero tampoco hubo reacción alguna. Su cuerpo permaneció idéntico. Aharon no necesitó mayores elementos para deducir con exactitud lo que pasaba, pensó:

---

[20] "*...A los romanos les parecía que el graznido del cuervo sonaba como la palabra cras (mañana en latín), y por ello la interpretaban como expresión de la esperanza eterna...*" Véase *Cuervo. Naturaleza, Historia y Simbolismo, op. cit.* p. 67.

-Lo de anoche tuvo como detonante la luz de una luna llena. ¿Siempre es así? ¿Ella conduce mi ser? ¿El control de la metamorfosis está sujeto a su posición, a su plenitud?

Recordó cuando Jean, llevó herido a Adam hasta su puerta; no era como ayer.

- ¿Esos loberos sinvergüenzas lo habrán visto convertido y por eso le dispararon? Imposible, tenía ropa antes de ser herido, la bala agujeró su camisa. ¿Entonces? ¿Sabían en qué podía transformarse? Tampoco lo creo, no hubieran dejado su cuerpo a mi cuidado, se lo habrían llevado esa misma noche y entregado como trofeo al Conde; es más, ni siquiera se molestarían en trasladarlo a mi casa con la pretensión de que yo lo salvara.

Pasó por su mente todo aquello que sintió cuando sostuvo y comió el corazón de Adam (tiempo, espacio, luz, oscuridad, poder, hambre y una loba en *contención*).

-Muchas de las habilidades que adquirimos a partir de esa noche, las hemos usado y desarrollado bajo una completa discrecionalidad, según vamos descubriéndolas. ¿Por qué la capacidad de mutar sería diferente si tiene la misma raíz?: el corazón de Adam, sobre el que ejercí mi potestad.

Es claro que esa criatura de anoche, respecto de la cual no perdimos control del todo, no es un ente ajeno a nosotros. Éramos Marie y yo con apariencia diversa, no alguien más que usurpó nuestro lugar. Entonces, la luna, ni Dios, pudieran tener mayor poder sobre mí del que ahora yo mismo tengo.

53

Me niego a creer que los límites de todo este poder dependan de la posición de una roca en el cielo. Sólo necesito localizar dónde está esa posibilidad y cómo ejercerla. Como cuando niños aprendemos a hablar, sin saber todo el procedimiento, extrayendo y usando el aire que entra por la nariz, activando un sinnúmero de instrumentos idóneos que ya poseemos; lo almacenamos, transportamos, controlamos, dosificamos y ampliamos la corriente, creando sonidos, incluso música en una manifestación externa de nuestro albedrío.

Todo esto pasaba por la mente de Aharon, sin pronunciar una sola palabra a Marie.

Cerró los ojos, buscando en la umbría producida por los párpados y que, desde la mañana siguiente a devorar el corazón de Adam, ya le había revelado parte de lo que es y de lo que en ella fluye. No estaba equivocado: en ellos -Marie y en él, en su interior-, dormitaba una presencia cánida; por supuesto en esa penumbra no es que pudiera ver figuras definidas de sus corazones y los respectivos lobos en pleno sueño, cual si se tratara de una cueva hecha cubil, pero por el constante sondeo que él estuvo haciendo desde lo de Adam, ya podía reconocer las esencias que transitaban en ese medio, sin necesidad de formas físicas.

Sin mayor reparo, lo supo: aun en la negrura, circula energía, no sólo alrededor, sino también, de, hacia y a través de cada ser, bastará con exponer a la bestia en marasmo, a la idónea y suficiente para atraerla y salga de su guarida. En retrospectiva, definitivamente eso fue lo sucedió. La luna no brilla por luz propia, refleja en la tierra, aquella que tiene como génesis el sol; así pues, vía los poros de la piel o por los ojos, es que se filtró en nosotros sin siquiera darnos cuenta, despabilando y liberando al lobo, cuya morfología humana no le resulta suficiente para sus alcances; en esa medida, es que habremos de usar nuestros órganos, alineando cerebro y corazón, permeando la luminiscencia del primero, sobre el segundo, "llamando" al animal para que ascienda.

Lo hizo, levantó el telón de sus párpados, sus ojos no eran amarillos como anoche, sino notoriamente reconstruidos: pupilas negras, rodeadas de un anillo de fuego, similar al que se forma en un eclipse; iris negro, iluminado con filamentos blancos y morados, que parecían llamaradas provenientes de un sol negro, como suspendidas en tiempo y espacio, pero no, extrañamente no eran estáticas, sino de un movimiento inconmensurablemente lento, inversamente proporcional a la intensidad de su portador. Todo ello cercado en dorado, por un disco de acreción que, en vez de alimentar al objeto masivo en su centro, se esfuerza por ser suficiente contención para él; y la esclerótica compuesta por luz blanca. Ahora voluntariamente, pero con el mismo dolor usado como moneda de cambio, se reestructuró en ese gran licántropo. Mientras, Marie y sus pájaros miraban incrédulos; al acabar su despertar, aulló, observó a su alrededor y caminó lentamente hacia ella, quien no se inmutó ante esa presencia. Al llegar a su lado, se irguió en dos patas, puso gentilmente una de sus enormes garras en el cutis de la joven y se inclinó hasta que sus frentes se juntaron, cerraron los ojos y se frotaron entre sí, a la vez que ella también acarició ese lanudo rostro. Aharon acercó su otra garra con la misma tenuidad al pecho de Marie: su corazón latía aceleradamente, no por miedo, sino por adrenalina. Con la zarpa que tenía en el rostro de ella, la arañó cariñosamente. De inmediato sanó, dando inicio a la mutación. Desde ese momento, ambos aprenderían a despertar, modular y controlar a voluntad la conversión y su retracción; cuyo único rasgo físico que *aparentemente* los diferenciaba de los licántropos-plenilunios, eran esos magníficos ojos, capaces de encapsular al infinito.

III. EL HOMBRE FRAGMENTADO.

El amor es la preocupación activa por la vida y el
crecimiento de lo que amamos.

(Erich Fromm)

Avriel y Vergil, dos jóvenes amantes, pastores (su ropa
delataba su oficio, con lana y pelos de perro pegados a ella),
frisando sus dieciséis y dieciocho años respectivamente. A
pesar de su corta edad, ya tenían planes de boda en un futuro
no muy lejano; ella, nacida en Gévaudan y él en Plymouth,
al sudoeste de Inglaterra; sus padres (sobrevivientes de
la epidemia de tifus, que asoló esa ciudad en los años de
1740-1742), habían migrado a Francia, dos años antes
de este momento, en 1762. Se dirigían por el bosque en
el crepuscular de aquel gélido día. De la casa de él colina
abajo, a la de ella, no era más de una ligera caminata de
quince minutos cuando mucho, aunque en aquella inusual
nevada -que alcanzaba ya, unos veinte centímetros de
espesor-, se recorría en unos treinta y cinco o cuarenta.
Avriel, le estaba enseñando a tocar el rabel a Vergil, por
lo que mientras caminaban, ella bromeaba sobre la rigidez
con que él marcaba los acordes, produciendo un sonido no
desagradable, pero notablemente forzado, tieso, poco fluido.
Se toparon en aquel solitario camino, con un hombre de

aspecto ciertamente enigmático, cubierto completamente con un abrigo de piel negra y capucha. Se afirmaría, que, en vida, tal prenda engalanaba un gran oso, salvo por los botones de plata que llamaban la atención y descartaban al ahora portador, como animal, bandido o mendigo; de su rostro, apenas divisaban sus intensos ojos azules escondidos, pero que contrastaban no sólo con la negrura de su cobijo, sino con la blancura del ambiente glacial. La gruesa bufanda que portaba, era de tal extensión, que le envolvía de la nariz a la garganta; uno que otro mechón de su pelo largo y castaño se asomaba. Llevaba guantes en esos mismos tonos y materiales, y pese al abrigo que lo cubría, se distinguía su complexión enjuta, como si no trajera más indumentaria por debajo para hacerle frente al frío invierno.

-Buenas tardes -les dijo a los mancebos, con voz grave, pero ronca y teñida de un acento distinto al de aquel país, lo que dejaba en evidencia, su extranjería italiana.

-Buenas tardes -contestaron al unísono.

-No es mi intención molestarlos jóvenes, pero me parece estoy perdido. Me dirijo a Saint Flour; de estar en sus conocimientos, ¿me podrían indicar el camino que debo seguir? -la estructura rígida de sus preguntas, confirmaban que, en efecto, el francés, no era su idioma natal.

-Me temo que está usted muy lejos y, de hecho, está caminando en sentido contrario -contestó Avriel-. Le dio santo y seña de cómo llegar, y en ese momento en aquel paraje, escasamente transitado, cuasi abandonado y ya con los últimos resquicios de luz, se oyeron unas pisadas aplastando la nieve. Los *tres,* de inmediato, buscaron la fuente sin encontrarla. Sólo ramas en movimiento y resquebrajo fueron suficientes para alertarlos de un posible animal.

-Será mejor apresurar la marcha en tanto el día aun lo permita. Por su seguridad, los acompaño hasta su destino -afirmó aquel desconocido.

-No es necesario, sólo vamos aquí cerca a la casa de mi mujer, le agradecemos de todas formas; aunque ya no sabemos qué peligros ronden por estas tierras, seguro sólo es algún conejo o zorro. Mejor cuéntenos, ¿qué anda haciendo por acá?

-Sirvo a una distinguida mujer, cuyo nombre no me es permitido siquiera pronunciar, pero lo que sí puedo confirmar es que es una ávida coleccionista…

- ¿Qué colecciona? -interrumpió intrigado Vergil.

-Un sinfín de cosas de inconmensurable valor; piezas únicas, obras de arte, joyas, perfumes; pero también, colecciona experiencias a las que no muchos pueden o quieren acceder. Recién volvimos de África, cazamos un par de leones. Reconozco que justo es lo que me trae a estas tierras -hizo una pausa sepulcral-. Ando en busca de un muy particular corazón… -los dos jóvenes se miraron entre ellos y con resistencia, pero notoriamente extrañado, Vergil le cuestionó:

- ¿A qué se refiere con un corazón? ¿Acaso su señora busca un amor? ¿Será que está traduciendo algo mal de su idioma y quiso decir algo diferente? -entonces aquel sujeto fijó su vista en Avriel, movió su cabeza negando y dijo:

-No, ella nunca se equivoca. No está en busca del amor, sino de un corazón. Uno en especial, que sea puro, pero que esté roto -no obstante que la capucha y bufanda cubrían casi la totalidad de la faz de aquel hombre, se pudo distinguir una sonrisa, lo suficientemente marcada como para achicar los ojos que ahora transmitían una maldad inquietante y continuó -nada como el sabor de un corazón puro, marinado en el dolor de una pérdida irreparable...

El terror paralizó a aquellos jóvenes. El hombre se descubrió lentamente la boca, bajando la bufanda, pero sin quitársela del pescuezo, mostrándoles su cara extrañamente fragmentada: sus dos maxilares, parcialmente expuestos, con dientes "normales", intercalados entre largos colmillos; en otras partes, claramente se apreciaban los músculos y su tensión en esa macabra sonrisa; venas, arterias y también, pellejos de tejido facial colgándole. En ese punto, estaban más lejos de la casa de ella, que de la de él, pero regresar no era la opción lógica, sino escapar colina arriba, despabilándose de la impresión, intentaron correr en un camino cada vez más difícil, tanto por la inclinación, como por el hielo que se acumulaba. Habrán recorrido unos cien metros, perdiendo de vista al extraño que no pareció perseguirlos...

-Espera, -le dijo Avriel a Vergil, a la vez que se detuvo tomándolo del brazo y con una expresión de zozobra-, ¿qué hacemos? ¿Puedes ver algo?

-No, atrás no se ve -respondió Vergil, jadeando a falta de oxígeno.

-Yo tampoco veo nada, y menos adelante, debido a la nieve. No podemos quedarnos aquí. ¡Tengo miedo! -confirmó Avriel.

-Tranquila, estaremos bien, pase lo que pase no nos separaremos. Podríamos salir del camino, aunque ahí será difícil caminar o correr. Lo que sí sería fácil, es perdernos. ¿Y si regresamos? ¿Qué tal y nos tendió una trampa y nos espera algo adelante?; seguro no creería que volviéramos sobre nuestros pasos. Vayamos con cautela a mi casa, está más cerca. –bajaron la colina durante unos diez minutos, sobrepasando el punto en el que se separaron de aquel forastero, las huellas en el hielo, así lo referían; entonces se detuvieron a unos diez metros de lo que a esa distancia -con niebla y nevada-, parecía una gran roca en la nieve, bloqueando el sendero. No estaba cuando recién cruzaron por ahí.

- ¿Qué es eso Avriel… una piedra? -el pánico retornó a ellos. Sus latidos eran como caballos galopando, una presión en las entrañas los incomodaba, a la vez que se acrecentaba por un espectral silencio dominante. Era aquel hombre con quien momentos antes toparon, no se movía, tumbado en el suelo, estaba enroscado en sí mismo, sin indicio alguno a su alrededor indicativo de que estuviera herido o de algún combate, sólo su gélido hálito delataba vida en él.

-Shhh baja la voz, no hagas ruido Vergil, debe ser el extraño que nos encontramos. Al menos eso parece, es su abrigo -susurró Avriel; ¡erramos, no debimos regresar! ¡Vámonos por favor! - empezaron a caminar en reversa, expectantes de ese sujeto, tratando de no emitir sonido, pero ello sólo podía hacerse con movimientos lentos y pausados.

-Sssííí, un corazón purooo. -Se oyó una voz macabra, proveniente no de aquel hombre postrado, sino de algún lugar detrás de los muchachos. Voltearon al mismo tiempo, pero no vieron a nadie. La luz del día estaba a punto de desaparecer y dejar todo bajo la penumbra; el frío y la huida a prisa, ya hacía mella en sus cuerpos. Chasqueaban los dientes, respiraban agitadamente; más por instinto que por planear, ambos juntaron sus espaldas, buscando en las periferias quién había hablado.

-Se mueve -murmuró Vergil.

-No, no es cierto -contestó incrédula Avriel. Ahora, los dos posaron su mirada en el abrigo que se enderezó. Copos de nieve y escarcha resbalaban de tal cobijo. Se quitó la capucha y arrojó la bufanda; el pavor y el morbo en los jóvenes amantes impedía que se movieran. Lentamente el hombre elevó la cabeza frente a ellos, corroborando que no sólo su cara era lo tétricamente fragmentado: sesos y cráneo se asomaban en pedazos; pero también, secciones cubiertas de piel fija, unos retazos de ella, al parecer de humano y otros forrados con grueso pelaje negro y una que otra vedija oscilante al aire; lo único "intocado", eran esos ojos azules; levantó sus orejas puntiagudas, no eran de un humano; sonrió de nuevo, presumiendo sus enormes caninos y repitió:

-Un corazón purooo.

- ¡Ahhh! -gritaron los zagales, tratando de huir colina arriba, pero al voltear, súbitamente apareció obstruyendo el camino una criatura colosal posada en cuatro patas, de aspecto intimidante y sombrío, indiscutiblemente lupino, aunque además, en menor porcentaje, humanoide. Le atribuyeron *prima facie*, el carácter de infernal; de más de dos metros de largo, al igual que el hombre del abrigo, la estampa de este nuevo ser, inconclusa, no excoriada por alguna batalla, sino en construcción, hacía posible que pudieran verse órganos, músculos, tejido y huesos expuestos. En unos "tramos", tenía piel desnuda presumiblemente de humano; en otros, cubierta con pelaje y en otros, dermis desnuda y negra, escarificada con lengua oscura. De ojos blancos sin reflejo alguno, babeando, mostrando rabioso sus afilados colmillos. Y como si tal semblante no fuera ya terrorífico, el esqueleto negro de una serpiente ígnea lo recorría, entremetiéndose por las cavidades anatómicas, abriéndose paso por donde no necesariamente las hallaba y sin que ello importunara a su anfitrión.

-Un corazón purooo - la voz lóbrega salió de aquella bestia, y volvieron a gritar los enamorados. No daban crédito a lo que les estaba pasando. Sin esperar más, dejaron el camino hacia el tupido bosque, zigzagueando entre tanto árbol y ramas secas que los arañaban a su paso. El hombre siniestro se quitó el abrigo y como era de esperarse, en su cuerpo, al parejo que su testa, cadavérico y horrorosamente inacabado, podían verse huesos, la espina dorsal, el plexo lumbar, una maraña de nervios a detalle, músculos, órganos internos, pero no el corazón: este fue sustituido por una vasija dorada con la misma forma. Sus pulmones se expandían y contraían en cada respiración; unas porciones de su piel eran de humano, otras, peludas. Hombre y bestia se "miraron" y cada uno por su cuenta, se internaron sincronizadamente entre la abundante mancha de ramificación arbórea barnizada en blanco, en busca de los jóvenes -quienes rápidamente encontraron una pequeña gruta llena de musgo, moho y telarañas para esconderse-.

No obstante, la fisionomía grotescamente incompleta, ambos se movían con destacada habilidad. Penumbras, niebla y nevasca, servían de cobijo para tales formas. Pero animales o lo que fueran, de tales características físicas, no podían andar discretamente, ya que sus pesadas patas generaban el ruido suficiente en la nieve para revelar la cercanía de sus posiciones. Por su parte, la minúscula cueva que servía de escondrijo a los novios, podría ser también su tumba si es que los hallasen ahí; una entrada, una salida; apenas percibieron que se alejaba la traza auditiva de sus cazadores, cuando optaron por salir y seguir en fuga en vez de apostar a que no los encontrarían.

La bestia-fraccionada corriendo a cuatro patas, pronto les dio alcance, saltando sobre la presa más lenta, que había resbalado en ese terreno escarpado, Vergil; quedó situado bajo tal monstruo, no dejaba de gritar, patalear y pedirle ayuda a su amor; ésta última, buscó algo con qué defenderlo. Sólo vio unas piedras, y sin pensarlo, las empezó a lanzar intentando lastimar al agresor o de menos, ahuyentarlo, pero este ni siquiera se inmutaba, mordió la cara de Vergil, desgarrando gran parte de la misma e irrumpiendo con su zarpa, el bajo vientre.

- ¡Nooo! -gritó Avriel, a punto de abalanzársele, pero con presteza se lo impidió aquel hombre- segmentado quien tenía una velocidad y fuerza no humanas, sujetándola del cuello y por detrás con sus hórridas manos, esqueléticas en unas partes y musculosamente inacabadas en otras.

-Míralo, ve como se extingue el amor de tu vida, la vida de tu amor; es hermoso percibir el sufrimiento. El suyo, intentando estirar su existencia y el tuyo, por su inminente muerte. Su última sensación no es el amor por ti pequeña, nooo; es el miedo, el dolor, son las ganas de auto preservarse. No hay en estos momentos, lugar para un sentimiento compartido, sólo para el que le es propiooo; ese amor que hacia ti vociferaba en vida, no superó prueba alguna. Su corazón y todo su ser son gobernados por sentimientos meramente egoístasss... tuvimos que destrozar la carcasa para que reluciera lo que efectivamente esss y guardaba en su interior... para que tú lo vierasss... -le susurraba eso al oído de Avriel, intentando envenenarla con sus palabras y con una expresión de solaz en su horrendo cutis.

-No, nooo, suéltalo. ¡Vergil! ¡Socorro! -berreó la adolescente, pero Vergil dejó de moverse. La bestia encima de él, miró atentamente a Avriel; sangre, jirones de piel y carne de Vergil caían de su deforme hocico, tiñendo la blanca nieve; le sonrió.

-Tu verdadero sufrimiento está por despuntar -ahora esa voz provenía de ambas aberraciones, hablaban al mismo tiempo-; te *soltaremos*, no importa cuánto corras, igual *te atraparé*[21] -aquel hombre la proyectó al suelo.

- ¿Quiénes son ustedes? ¿Qué son? ¿Por qué lo hicieron? No les hemos hecho nada -les inquirió sollozante Avriel.

- ¿Qué pasa? ¿no has oído hablar de *nosotros*? *Mi* fama se extiende más allá de los confines de toda Francia -Avriel no sabía a cuál mirar, el sonido provenía de los dos "incompletos"-. *Somos* la Bestia de Gévaudan, pero tal vez quien *me* ha visto, lo ha hecho así —la bestia-inconclusa caminó, hasta que estuvo al alcance del hombre, quien como si fuera una pesada capa, la agarró y se vistió con ella, fusionándose en un solo ente. Dejaron de estar fragmentados para conformar una entidad "completa", semejante a un imponente lobo gris hecho de piedra sólida. Inclusive, los músculos de sus brazos emulaban notablemente las formaciones kársticas que pueden admirarse en la gruta de Neptuno; con poco pelaje, resaltaban las marcas de letras en su dermis, brillaban en tonos carmesíes, como un río de lava visto en las penumbras. Con el hocico todavía embarrado de la sangre de Vergil, observó a Avriel y se aproximó pausadamente a ella erguida en sus fornidas patas traseras, lengüeteándose asimismo, limpiándose y saboreándose el festín.

---

[21] Hablaban de manera indistinta, tanto en primera persona del singular, como en primera del plural. Los fragmentados eran sólo uno.

-¡No, no, déjame ir! ¡Dios mío ayúdame, te lo ruego! -la joven logró asir un tronco que estrelló en la cabeza de la bestia, pero no le hizo daño alguno.

La criatura la sujetó de la cara tapándole la boca, elevándola hasta mirarla de frente y contemplando sus lágrimas, le empezó a olfatear el pecho:

-Sssííí, un suculento corazón puro... recién quebrantado; el dolor ya lo empieza a aderezarrr.

En eso, un aullido se oyó cerca; llamó la atención del monstruo, que soltó a la joven sobre la fría superficie. Miró hacia el cielo, detectando un par de paseriformes; se alertó, pero no con la suficiente celeridad, pues un zarpazo en su grotesco rostro lo sorprendió derribándolo. Era Marie convertida en licántropo, en un abrir y cerrar de ojos, se interpuso entre ellos dos, protegiendo con su cuerpo a Avriel.

La bestia se levantó con prontitud y le bramó encolerizado. A pesar de su pelaje, podían verse como las venas del cuello resaltaban de su dermis; Aharon-lobo saltó de entre los arbustos, interfiriendo también en ese encuentro. Le gruñó y mostró sus afilados colmillos, pero la criatura maliciosa no se intimidó por la presencia de los dos majestuosos híbridos: embistió a Aharon, enfrascándose en un feroz combate. Aharon corroboró que esa apariencia rocosa de su adversario, no era en vano, pues no podía atravesarla. Perdió varias garfas en el intento, y en cambio en él, si penetraban dientes y garras; sus heridas, -contrario al conocimiento adquirido previamente de que sanaban al instante-, tardaban un tanto más en hacerlo, lo que le causó extrañeza. Sin embargo, la frecuencia con que su oponente se las infligía, poco a poco menguaban la energía del hombre lobo.

Marie se dio cuenta de la desventaja. Si no intervenía, Aharon sería derrotado. Aprovechó el hecho de que fue violentamente arrojado a unos metros para arremeter por sorpresa a la bestia. Marie superaba en velocidad a cualquiera de ellos, así que la monstruosidad no evitaba o repelía a tiempo los embates, pero la híbrida no lograba hacerle daño suficiente. Avriel se benefició de esta fiera batalla para huir y perderse en la lobreguez del bosque; Silas y Ain, desde la copa de un árbol no perdían detalle de lo que acontecía: miraron a Avriel correr y, por tanto, Marie lo supo. Encomendó mentalmente que Silas la siguiera desde el aire, a fin de corroborar que la joven llegara con bien a donde fuera.

Aharon se recuperó y regresó a la contienda. Ahora los licántropos encima del esperpento le rompieron una pierna. Se hizo una breve pausa; los dos se dirigían a rematarla cuando el "hombre", de un solo "jalón" se "desvistió de la bestia", regresando a la escisión desmenuzada y espeluznante, pero ya sin la pierna rota. Marie y Aharon quedaron estupefactos ante semejante aberración visual. Pensaron que eso sólo podía ser fruto de magia negra o una maldición, pues incluso, tenían materia orgánica suspendida que flotaba o gravitaba dentro y alrededor de esos extraños cuerpos. Luego, los cuatro se enfrascaron en una encarnizada lucha.

El despojo humano igualaba la rapidez de Marie; podía anticipar sus ataques y presentarle defensa. Por su parte, la bestia inconclusa no era ya tan resistente, pero su velocidad aumentó y superaba la de Aharon, quien ahora tenía el problema no solo de la efectividad de sus ataques, sino el de alcanzar a conectarlos.

Aun divididos, bestia y hombre pensaban como uno solo, por lo que resolvió separar aquella pareja de licántropos. El humano-fraccionado, fingió buscar a Avriel y al no verla, corrió para que la mujer loba lo siguiera; una vez apartados de la vista de Aharon-lobo, atacó a Marie desprevenida, dejándola por segundos aturdida, lo que aprovechó para regresar y combatir desde dos direcciones al licántropo más grande y así lo hizo, en cuanto los vio enfrascados en combate, se unió tarazando el cuello de Aharon, y el monstruo desde su ángulo, lo hizo en una pierna; en tal gresca, el hombre-fragmentado, metió su esquelética mano en el abdomen de la inconclusa-bestia y le amputó una costilla -por supuesto, autoflagelándose, si consideramos que eran uno solo- y utilizándola como cuchillo, la incrustó en el pecho del hombre lobo, extrayéndole un alarido de dolor que lo derrumbó.

Hombre y bestia-segmentados, rodearon al licántropo malherido, viéndolo y sonriéndole ante el sufrimiento que lo hacía retorcerse en el suelo; la serpiente husmeando desde el interior, el humano aprovechó para extraer-se -de su parte-bestial- otro puntiagudo hueso; era notorio el placer que sentía al automutilarse, se acuclilló hacia Aharon, empuñando el improvisado instrumento osteológico de tortura. ¿Su pretensión? Rematarlo ahí mismo, pero Marie lo/s interrumpió, al horadar con su zarpa y por la espalda, el espinazo de la bestia; al instante, los escindidos bufaron al unísono por el daño provocado, el monstruo se volvió sobre sí, intentando acometer a Marie, pero ella, en un attosegundo ya no estaba ahí, sino arrebatando del hombre incompleto, su propia arma ósea y al mirarlo directo a esos enormes ojos azules, se la clavó en uno de ellos, traspasando su cerebro, causando la muerte instantánea de los entes-divididos y del reptil escondido.

Ayudó a Aharon a levantarse, quien, al sacarse el puñal improvisado, corroboró que no se regeneraba de inmediato, como lo solía hacer, pero, a fin de cuentas, lo hacía.

Para asegurarse de que los entes que ahí yacían ya no tenían vida, intentaron sin éxito extraerles sus corazones; en el humanoide, sólo había un recipiente dorado con esa misma forma, que, al romperlo, contenía polvo; y la cavidad respectiva del monstruo, estaba hueca, lo que reforzó en ellos, la idea de que sólo pudieron tener como semilla, un hechizo o maldición lanzados sobre esa desdichada persona.

******

Habían pasado dos meses de aquella noche en que mataron al hombre y bestia-fragmentados, Aharon y Marie, creyeron que esas aberraciones eran la Bestia de Gévaudan, sin embargo, la prensa seguía documentando la historia, en "*El Courrier d'Avignon*" e incluso, en la "*Gazette de France*", órgano oficial del reino,[22] se llevaba el conteo de los ataques (sobrevivientes y muertos), que, además, ya se extendían a diversas regiones, como Lyonnais,[23] Champagne, entre otras.

Las crónicas de los sobrevivientes no eran siempre concordantes ni en cuanto al aspecto, ni la forma en que se conducía frente a ellos, lo que dificultaba a los retratistas y dibujantes hacer una imagen de la bestia. Algunos la describían como hombres peludos, otros, lobos con armaduras de marfil y plata, osos cubiertos de placas anchas, verticales y retráctiles en el lomo. Hubo quien afirmaba que era una persona con dos rostros parcialmente fusionados, -bífidos tal vez-, nótese que no dijeron dos cabezas, por lo que cabía la posibilidad de que la bestia fuera uno de esos fenómenos que se presentaban en los circos y que, de vez en vez, liberaban para que se alimentara. Una de las historias más aterradoras, fue la de una joven de quince años de

---

[22] En la crónica del 16 de noviembre de 1764, transcrita en el libro *Historia de los Hombres Lobo*, op. cit. p. 199, se lee: "*Nos dice del Bas-Languedoc que la bestia feroz, que en el Langogne ha devorado a 22 personas, se ha lanzado sobre Mende, donde ha devorado a otros 8 individuos. El obispo de Mende sensible a las alarmas que ese cruel animal ha creado en las parroquias de su diócesis, le paga a un buen número de campesinos para que intenten destruirla. Se le ha disparado varias veces, pero los tiros sólo han rozado su piel, arrancándole solo un poco de pelo. Esa bestia es más grande que un perro; mucha gente la cree una hiena y otros, una pantera que se escapó de las manos de su domador...*"
[23] Región circundante a la ciudad Lyon.

agradable aspecto, que logró escapar de sus fauces, no sin antes de que la bestia le extrajera con su lengua en forma de aguijón, un ojo, que posteriormente tragó sin masticar; cuando fue entrevistada por el mismísimo teniente de caza de su majestad, al delinear los caracteres de su atacante, expuso:

-El animal o lo que fuese, podía aparecer y desaparecer a voluntad; me atacó dentro de la casa, con puertas y ventanas totalmente cerradas...

¡Esa abominación me habló! pero el sonido de su voz no provenía de su boca, sino del esqueleto negro de una serpiente de ojos flamígeros, que emergía desde el espinazo de la bestia...

- ¿Qué fue lo que dijo? -le cuestionó el teniente.

- "Belleza", eso fue lo único que expresó con una voz horripilante y que repitió al menos, otras dos veces, mientras la criatura resoplaba ferozmente, parada en dos patas, oscilando hipnóticamente sus otras dos, como si fuera un títere o un animal que espera indicaciones de su amo -confesó la doncella.

A los tres días de ser agredida y aun hospitalizada, esta joven murió inexplicablemente. Lo que hacía más intrigante estos casos, era que el cuerpo de sus víctimas, fueran mujeres u hombres de cualquier edad, una vez fallecidos, mutilados o no, envejecía en horas, como si al menos, un par de siglos hubieran transcurrido sobre ellos; el caso de esta muchacha no fue diferente.

En un ataque *"no relacionado"* con el apenas narrado, un sobreviviente dijo que el esperpento se limitó a beber la sangre de los asesinados, sin mutilarlos; en cualquier caso, el común denominador en los ataques era la malicia y la avidez por dolor y sufrimiento.

IV. DESAYUNANDO CON ANTOINE.

Mejor que perdonar, es sanar la imaginaria herida
que el imaginario agravio abrió en el herido ego,
del aparente yo.

(Aldous Huxley)

Antoine Girard, millonario de abolengo, heredero de una gran fortuna proveniente de diversas industrias, vivía en un lujosa villa de arquitectura renacentista a la orilla del Lago *d'Annecy*; la fachada daba la bienvenida con un hermoso jardín parterre, compuesto de un pasillo adoquinado en el centro y en cada costado, dos siluetas de copos de nieve, geométricas y simétricas, coloreadas por el verde de la hierba y césped rasurados y los destellos blancos y violetas por los retoños de lavandas que tímidamente se asomaban. Desde los jardines posteriores -no tan formales como el frontal-, la panorámica no sólo incluía el cuerpo de agua, sino, además, el castillo de Duingt y las montañas escarpadas que conforman el macizo de los Bornes. Antoine era un entrañable amigo de Aharon -ambos casi de la misma edad- a quien mandó traer de Mende usando su fastuoso carruaje, pues su esposa Cristine de veintitrés años, había sufrido quemaduras inexplicables, se mostraba de cambiante estado de ánimo y dormía durante casi todo el día a cortinas cerradas.

Antoine esperaba impaciente afuera de su dormitorio. Aharon llevaba ya un rato examinando a Cristine y había

74

solicitado la presencia del ama de llaves, quien entraba y salía presurosa de la habitación, acarreando líquidos, trastes y otras cosas que Antoine no pudo ver con claridad. Por fin salió Aharon.

El y Antoine, vestidos distinguidamente (el doctor, invariablemente, con una camisa de seda blanca, ahora con chaleco, casaca y calzas en gris claro y detalles en púrpura y violetas, medias blancas y zapatos beiges, y por supuesto, siempre resaltando sus botones en plata grabados con el escudo familiar; el atuendo de Antoine, en blanco y camel con brocados en plata y dorado, medias blancas y zapatos en tonos arena con hebillas del mismo mineral lustroso), bajaron las escaleras y se dirigieron a uno de los vergeles traseros caracterizado por ser custodiado, a la vez que adornado, por algunas estatuas trasladadas recientemente, de lo que alguna vez fuera Pompeya; llegaron a un gazebo, elevado a dos escalones del suelo, sobre una base de piedra volcánica, con cúpula de metal estilizada en azul y de relieves bañados en oro; de cada una de sus columnas, colgaban faroles rococó.

-Habla con total sinceridad, pero no olvides que estás frente a un amigo y no un colega, así que también, te ruego claridad, pues se trata de mi esposa. ¿Qué tiene?

-No es una patología documentada, por tanto, no hay tratamiento conocido,[24] por lo que habré de observarla con

---

[24] Tenía la enfermedad que hora se conoce como porfiria, desconocida en aquel entonces.

con más tiempo y detenimiento, documentar la evolución de síntomas o en todo caso, si es que logramos erradicarlos. Quiero mirar a detalle su sangre y orina.

La causa de las ampollas es una hipersensibilidad al sol, probablemente relacionada a la misma condición subyacente; las he limpiado, aplicando además unos fomentos, así habrán de mantenerse, por lo que ya he instruido para ello, a tu ama de llaves. Prepararé en breve, unos ungüentos e infusiones y yo mismo verificaré su debido uso; aunque no todos los ingredientes se hallan fácilmente en la región, no te preocupes, me daré a la tarea de buscarlos. Evitaremos de momento, su exposición directa al sol y de no ser esto factible, la cubrirás adecuadamente.

Para el dolor estomacal que refiere, he cambiado su dieta. Le receté alta hidratación y le mandaré unos tónicos; con ello, deberá mejorar anímicamente. Recomiendo hacerla partícipe de los paseos a caballo y actividades a campo abierto, por supuesto sin olvidar, los cuidados en cuanto al sol.

Esos rododendros que tanto le gustan, son portadores de toxinas, pero hasta donde sé, únicamente por el mero contacto, no hay de qué agobiarse; es la ingesta la causa de alerta; me llevaré también unas muestras para un minucioso escrutinio; no veo necesidad de deshacerte de ellos o de que ella los desatienda.

-El hecho de que el mejor doctor de Francia no conozca tal enfermedad, me deja más intranquilo, del alivio que buscaba con tu presencia, pero confío en ti, seguiremos tus indicaciones al pie de la letra, espero ese ungüento tenga efectos milagrosos cómo los atribuidos al siempre presumido, bálsamo de Fierabrás.[25]

En cuanto a la exposición al sol, ¿es tu recomendación el que viva de noche? -le cuestionó Antoine.

-Mi consejo no tiene nada que ver con horarios, sino con el sol.

Puede usar ropa que la cubra lo suficiente, he visto que tiene afinidad por los sombreros y sombrillas, un pretexto ideal para lucirlos.

Al parecer, el sol envidia tal belleza, no soporta su presencia, quiere opacarla, menguarla; ser quien domine en el día; relegarla a la noche, tal vez como esas gemas preciosas de las llamadas nocturnas, cuya belleza se aprecia mejor ante una luz diversa a la solar, dicen que inclusive, ésta las decolora, ¿dejarás que lo logre?

Ni la luz de mil soles, brillaría más que Cristine -afirmó el doctor.

-Siempre endulzando la realidad, te pareces a otro amigo mío, Vincent. Que, por cierto, vendrá mañana a desayunar; Cristine y yo tenemos un particular aprecio hacía él, es un hombre de Dios. Acompáñanos, será interesante compartir ideas con él -replicó Antoine.

---

[25] Por supuesto, Antoine se refería en broma, al bálsamo cuya receta se vanagloriaba de conocer, Don Quijote.

- ¡Ah, un sacerdote!, pues dado que aparte de ser tu doctor y tu amigo, seré tu huésped por varios días y salvo que quiera pasar mi tiempo evitándote, me temo que tendré que acompañarlos.

-Siempre tan melindroso Aharon, pareciera que estás siendo obligado, como si fuera una carga difícil de llevar, sé que no eres afecto a socializar, pero las palabras y acciones de Vincent, traen confort para quien busca sanar su alma, me extraña que no hayas oído de él. He sabido, por supuesto, no de su boca, que el mismo Luis XV, oye sus consejos; él no ha querido compartir esas experiencias con nadie, ni siquiera conmigo que soy su amigo.

Contar con la gracia de su majestad, le ha valido ya, diversos enemigos; se dice que, en lo particular, entre varios obispos y altos pontífices no es muy popular, le tienen cierta aversión, aunque jamás le pondrá una mano encima, medrosos a represalias, pero si no las hubiera, seguro que ya estaría oficiando misas en África; no hay duda de que *la envidia, siempre quiere destruir lo que no puede tener.*[26]

-Había escuchado de un hombre con tal *"encanto"* en su voz, pero nunca causó en mí la suficiente curiosidad como para indagar su nombre, supe que ni siquiera está en París, sino que es párroco en una pequeña capilla a las afueras de Marvejols, siendo casi mi vecino.

---

[26] Ver capítulo 2 *"Seamos Traficantes"*, de HABIF, Daniel, *Inquebrantables*, Ed. Harper Collins, México 2020.

-No, no es un mero "*encanto*", como tu condescendencia lo expresa; conoces a su Majestad y al de la voz, ¿crees que nos dejaríamos endulzar el oído fácilmente?, realmente es un hombre de Dios digno de prestarle atención; y en cuanto a donde ha decidido residir, fama o fortuna, sin duda no son sus objetivos, en eso se parece a ti, que bien podrías ser médico en París, incluso de su Majestad; estarías asistiendo a los suntuosos bailes en Versalles, a los conciertos, cacerías, etcétera; pero en vez de ello, has decidido ser cuasi eremita y enclaustrarte en Mende, exponiéndote a ti y a Marie a la Bestia de Gévaudan.

-Pues mañana tendrás la oportunidad de ver cuan parecido somos; y de la Bestia de Gévaudan, voy a fingir que tu comentario con altos matices de reclamo es en realidad preocupación mal expresada; puedes perder cuidado, jamás dejaría que nadie, ni el Diablo mismo, sus emisarios o esbirros, cualesquiera que sean, lastimen a Marie y doy la vida en ello.

Previo a despuntar la mañana siguiente -como todos los días-, una pequeña comitiva, integrada por mujeres y hombres formal y uniformemente vestidos -pero cada cual, acorde al rango y cargo que desempeñaban-, que prestaban servicios en la villa de Antoine, encabezados por Joseph, la recorrían; unos, encargados en la cocina; otros más, preparando los baños; algunos, en la limpieza en general; había por supuesto, quienes se dirigían a los establos; el jardinero y su joven ayudante, a dar mantenimiento no sólo a los amplios jardines, sino que daban especial atención, a los floreros del interior, pues ellos siempre contenían, flores frescas; Cristine amaba las plantas de todo tipo, era afecta al *rhododendron ponticum*, de hecho, tenía un gran plantío en los linderos de la propiedad, que antes de su enfermedad, cuidaba con gran esmero y prefería que sus botones, no le fueran cortados.

Antoine había vivido toda su vida rodeado de lujo, por lo que acostumbrado a ello y un tanto por influencia de su amigo Vincent, se caracterizaba por talante justo, más que exigente; inspirando aprecio y respeto en toda persona que servía en su casa; por ello, en sus labores eran diligentes; tampoco a Cristine, de una belleza sin igual y que venía de familia noble, pero no con tanta riqueza, se le atribuía maltrato o desplante alguno, era reconocida por su filantropía, trato afable con todos, muy devota a sus oraciones y su casa. Antoine le había mandado construir una pequeña capilla pasando los establos.

No obstante, contrario a la calma que usualmente reinaba en esa residencia, desde la presencia de Aharon, se percibía algo de estrés, pues si bien, nunca fue intencionalmente grosero con quien servía en la casa de Antoine, su actitud calificada de "*altiva*" provocaba en la mayoría de la gente -sin importar si tenían o no, título nobiliario, riqueza, rango militar o profesión-, que se sintieran ofendidos o menospreciados y aun si él se daba cuenta, no hacía reparo alguno en su conducta, nunca buscaba aprobación o simpatía en propios o extraños; Aharon pensaba que todos esos títulos "nobiliarios, de profesión, militares, familiares," etcétera, que hombres y mujeres morían por tener, ostentar y que se impresionaban frente a ellos, no eran más que fruslerías, reflejo de inseguridades, carencias, complejos, vacíos en el corazón y vida de cada uno de ellos; pero al pertenecer él mismo a una sociedad que ponía alto valor en ellos, en la medida de lo posible e intentando no conflictuar el interior -al menos de sus allegados-, trataba de seguir esa línea meramente formal e ilusoria, que al final -bajo su percepción-, carecía de sustancia alguna.

Llamaron a la puerta...

-Buen día Joseph ¿cómo has estado? He venido a ver al señor Antoine -dijo Vincent, un hombre exactamente de la misma edad que Aharon, de tez blanca, no agraciado, pero tampoco de mal ver, aunque de complexión delgada y vestido con una sotana negra.

-Buen día Padre; sí claro, ya lo espera cerca del vergel, ha dispuesto la parte norte, para el desayuno, si usted me lo permite, lo acompaño.

-No, no, de ninguna manera, siempre he disfrutado tu compañía, pero suficiente trabajo te han de generar la señora Cristine y el señor de la casa, para que, además, tengas que servir de guía de turistas en este palacio, lo conozco de sobra para llegar a la mesa sin perderme.

Tomaré la ruta panorámica por la biblioteca y veré qué nuevas pinturas ha traído Antoine.

Joseph se destanteó, tenía instrucciones precisas de acompañar a toda visita hasta su destino, pero sabía lo bromista y rejego que era aquel sacerdote; no se le hacía buena idea contradecirlo.

-Anda a tus quehaceres y si ves a la señora o su marido, les dices que llegué, pero te me escapé, que seguro ando perdido y que dispongan de toda una cuadrilla de hombres para búsqueda y rescate.

El mayordomo no tuvo más que sonreír nerviosamente, no deseaba contradecir las órdenes de Antoine, pero ante la renuencia del clérigo, tuvo que ceder, lo dejó solo, no sin antes, darle un buen abrigo, para el fresco matutino y suponer que la sotana no le protegería lo suficiente.

Al cabo de unos momentos, Joseph llegó antes que el Padre Vincent al jardín, a pesar de rodear por la cocina de la casa y verificar cómo iban los preparativos del desayuno.

- ¿Quién tocaba a la puerta Joseph? -le interrogó Antoine.

-Disculpe Sr. Antoine, era el Padre Vincent, pero me pidió encarecidamente que me adelantara al servicio...

- ¡Ya, ya, no pasa nada, deja en paz al pobre Joseph! Demasiado tiene con soportarte, ¡buenos días! -dijo Vincent interrumpiendo la conversación.

- ¡Vincent, amigo mío! ¿Cuánto tiempo ha pasado? -se levantó Antoine de su asiento y se dieron un fuerte abrazo.

- ¡Antoine! Al parecer, no tanto tiempo, sigues igual de joven como el año pasado que visitaste Marvejols.

-Ah Vincent, como siempre, bromeando con todo mundo, pusiste en aprietos a Joseph, pero qué bueno que has llegado, te quiero presentar a otro buen amigo y el mejor médico de toda Francia, el conspicuo doctor Aharon Lothbrok.

Vincent y Aharon se quedaron viendo un par de segundos en silencio.

-Ah, Vincent Dumont, así que tú eres el sanador de almas -dijo Aharon sonriendo con un dejo de superioridad-. Antoine estimado amigo, me temo que no podrás presentarnos, pues ya nos conocemos, el Padre Vincent y yo, estudiamos en la Facultad de Medicina de París, pero supe que abandonó la escuela.

-Así es, estudié unos años en la Facultad, no en el mismo grado que el mismísimo doctor Lothbrok, pero sí llegamos a coincidir en algunas clases, desde entonces, sé de buena tinta, que es un hombre brillante, de sus logros en el campo de la medicina, y que inclusive ha rechazado unas excelentes ofertas no sólo en Francia, -comentó Vincent.

-De eso precisamente hablábamos ayer Antoine y yo; fama y fortuna al parecer no es algo que busquemos tú o yo; podrán ser un resultado esperado o no, de nuestros actos, pero nunca, el buscado y menos, aquello que los impulse, -replicó Aharon.

-Usted ha de ser el único doctor en toda Francia que no busca reconocimiento -interrumpió Cristine, vestida distinguidamente en tonos salmón, blanco y brocados en hilos de plata, a la vez que se acercó a Antoine y el maestresala se apurara a preparar el asiento de ella.

-Querida, estábamos esperándote, acaba de llegar Vincent -comentó Antoine.

-Padre, buenos días, buenos días a todos, -dijo Cristine.

-Buenos días, madame, tan reluciente como siempre -saludó Vincent, haciéndole una reverencia y acercándose a ella para besar su mano enfundada en guantes de seda blanca.

-Sra. Cristine, buenos días, tiene mucho mejor semblante ¡qué honor el que haya decidido acompañarnos! ¿Cómo se siente? -indagó Aharon, besando su mano e igualmente haciendo una reverencia.

-Gracias, doctor Lothbrok, me siento mucho mejor, pero todavía no del todo recuperada, por lo que sólo los acompañaré un breve momento, no quise ser descortés con usted, ni con el Padre Vincent, a quien, además, hemos invitado con un propósito oculto: compartir algunos de mis pensamientos con él, por supuesto, en busca de sus consejos. Ruego también de ustedes, me otorguen una disculpa, pues por instrucciones de mi médico, aquí presente, debo cubrir en la medida de lo asequible, mi piel de la luz solar.

-Descuide madame, si se siente indispuesta y si me permiten hablar los presentes por ellos, no es necesaria explicación alguna, ni mucho menos tomaremos a mal su ausencia; y de sus propósitos, será un honor formar parte de ellos -contestó Vincent.

-Agradezco sus palabras, Padre, en cuanto me sienta indispuesta, sin duda me retiraré y solicitaré su presencia más tarde. Ahora tomen asiento, y que Joseph disponga lo necesario para que, sin mayor demora, traigan ya la comida.

Joseph se retiró a la cocina y al cabo de unos minutos regresó, seguido de un par de mucamas quienes apresuradamente sirvieron los diversos platillos con la dieta especial para Cristine y después de una corta, pero sólida oración de Vincent, empezaron a desayunar.

-Querida, antes de que te nos unieras, me acabo de enterar de que nuestros huéspedes, son viejos conocidos de la Facultad de Medicina en París; y Vincent estaba a punto de contarnos porqué decidió abandonarla -comentó Antoine.

-Vaya, al parecer es usanza de Antoine que todo aquel que cruza sus puertas, abandone la libertad de decisión, -replicó Aharon, con un tono de ironía, haciendo alusión al día anterior en que fue *cordialmente invitado* al desayuno.

-Descuide doctor, conozco bien a nuestro anfitrión Antoine, de ningún modo, antepone su potestad sobre los demás; y de lo que recuerdo, usted no es conocido por ser doblegado fácilmente y pobre del que siquiera lo intentara, seguro no saldría bien librado.

La verdad es que la historia de mi renuncia a la facultad, no es un gran tema de conversación. En un punto, me di cuenta de que mi vocación, no estaba en intentar o lograr curar el cuerpo humano, sino en tratar de ayudar al necesitado a través de la palabra de Dios -afirmó Vincent.

-Ah, la necesidad. -reafirmó Aharon- ¿No cree usted que allá en la provincia de Marvejols serviría más un doctor que un sacerdote?

-Bajo esa premisa doctor, todos deberíamos de estudiar medicina.

Sin duda, Francia requiere de buenos médicos, pero también, de buenos gobernantes, arquitectos, soldados, quienes aboguen por otros, quienes impartan justicia o comercien mercancías; sería aventurado de mi parte, descartar algún oficio o profesión en función de sólo una necesidad -le contestó Vincent.

-En todo caso, lo que es aventurado, es afirmar que la palabra de Dios cubre una necesidad de mujeres y hombres -afirmó Aharon en su ya clásico tono displicente.

-¡Aharon! -replicó Antoine, a la vez que pelaba los ojos con expresión de desaprobación- Como tu amigo que soy, me corresponde sugerirte, con ánimos más bien disuasivos, de que a esas palabras tuyas, no les des publicidad, pues en esta mesa te encuentras entre amigos que te aprecian y sabremos guardar la debida secrecía, pero en una mesa diferente, aun cuando vengan de quien tenga la benevolencia de su Majestad, como tú la tienes, pueden costar como mínimo, que te anatematicen, tu libertad, incluso la vida; y arrastrar o hacer extensivas las sanciones, con quien compartas tus ideales.

-Como siempre, agradezco tu preocupación. Sé ante quien me encuentro y de quien cuidarme, aquí no veo amenaza alguna, sólo buena fe o, ¿será que estoy en desatino, Padre?

...y ya que lo afirmas en un tono disuasivo, pareciera que califico como uno de esos *"necesitados"*, a los que, en vez de ser castigados, Vincent *debe curar* con la palabra de Dios -Aharon intentaba conocer las reacciones de Vincent, ante su notoria ironía.

-Doctor -contestó, incólume, Vincent- en la siguiente secuencia de hechos, que he inferido, le imploro me corrija, si es que me equivoco:

Usted está aquí porque Antoine o mi Señora, lo emplazaron o trajeron debido a la falta de salud de ella; vino, la analizó, pudo ver el origen o causa de su malestar. Dentro de sus recomendaciones, según ha referido mi Señora, está la de cubrirse la piel de la luz solar, es por ello, que no se ha quitado el sombrero y Antoine ha dispuesto una mesa para esta convivencia en una sección del jardín donde no llega directamente esa luz, aunque sí, un fuerte viento que sopla de las montañas calando los huesos y hasta ahora entiendo senda cobija que me dio Joseph en la entrada.

Pero bueno, en otras palabras, su paciente, consciente de una necesidad médica, lo buscó, lo escuchó; ella y sus seres queridos, están dispuestos a aplicar el remedio que usted diligentemente ha instruido. Seguro ya sabe a dónde voy con esta argumentación:

Un paciente podría estar enfermo, pero asintomático, en cuyo caso, ni siquiera sabría que tiene una necesidad;

En otra hipótesis, un paciente, aun con dolencia en su ser, prefiere seguir con el dolor, sea por costumbre o placer, entonces, no buscará quien lo auxilie; es decir, si no quiere, no lo buscará.

En otro supuesto, si el paciente, consciente de una necesidad, lo buscara; usted acudirá, diagnosticará la enfermedad y mandará la cura, pero si no quiere seguir su consejo, de nada servirá su ayuda ante la carestía de salud; y no olvidemos,

A quienes, desde fuera, ven los padecimientos y teniendo el poder, no ayudan o peor aún, bloquean el acceso al alivio.

Como ve, hay una serie de escenarios construidos con diversos elementos, algunos de carácter volitivo, otros aparentemente casuísticos o de naturaleza diversa.

En esa misma línea, si usted no está consciente de la necesidad de la palabra de Dios, no la buscará; o si la busca, y se le proporciona, pero no está dispuesto a seguirla, esta tampoco le ayudará.

En mí, como acertadamente lo dijo Antoine, no tiene un enemigo, sus palabras no alimentarán oídos o corazones domeñados por la iniquidad.

- ¿Lo ves, Aharon? -intervino Antoine, como te adelanté ayer, no sólo son palabras sin sustancia.

-Me queda claro que en su narrativa hay cierta lógica -afirmó Aharon sonriente-, pero no es un axioma; toda su premisa está sustentada en una supuesta necesidad, equiparando el efecto curativo que tienen algunas sustancias sobre el cuerpo humano, con la palabra de Dios y se ve, asimismo, como especialista con el conocimiento suficiente para auscultar, diagnosticar y medicar.

Así pues, la disquisición debiera ser sobre, ¿cuál es el alcance y/o efecto de la palabra de Dios en mujeres y hombres?...

-Lamento irrumpir la conversación, pero me tendré que retirar, me siento indispuesta. Doctor, me acompaña... -todos se pusieron de pie a la par que Cristine.

-También los acompaño, querida. ¿Te importa quedarte unos momentos solo Vincent? -le interrogó Antoine.

-Descuiden, no tengo problema con ello, quedo pendiente de usted madame, y a su entera disposición.

-Gracias Padre Vincent.

Al regresar a la mesa, el sacerdote los esperaba tomando café, contemplando la hermosa postal con el Lago *d'Annecy* y las montañas circundantes de fondo; continuaron degustando el banquete.

-Desde que llegó Cristine, la noté algo triste, casi no emitió palabra alguna, de movimientos impresos de parquedad, se esforzaba por aparentar comodidad, sin duda, lo prudente fue que se retirara a descansar. ¿No lo crees Aharon? -cuestionó Vincent.

-Sí, aunque su estampa era mucho mejor que ayer, creo tomará tiempo su recuperación. Terminando el desayuno iré a Ginebra a buscar unos ingredientes y plantas medicinales para los tónicos que prepararé.

-De lo poco que vi -replicó Vincent-, recordé el trabajo de Galeno, médico y filósofo griego, seguro tú lo has estudiado mejor Aharon, que escribió sobre una "enfermedad melancólica", caracterizada por una tristeza profunda, una desesperanza, insomnio y cambios de apetito.

-Claro, te refieres a la teoría de los cuatro humores de Hipócrates ¿no? Sí, he leído de esa enfermedad melancólica, de la que abundó Galeno,[27] pero hay otros síntomas que la sobrepasan, por lo que habré de estudiarla más a detalle -confirmó Aharon.

-Pues te reitero Aharon, confío casi ciegamente en ti para atender a Cristine y aunque sea, ya salió de su habitación por unos momentos; llevaba varios días sin hacerlo. Te agradezco infinitamente las atenciones.

Vincent, en lo que Aharon, va a Ginebra, iremos a montar. El mes pasado me llegaron unos hermosos lipizzanos a los que no he nombrado, espero me ayudes; sueles ser muy acertado poniendo nombres.

Aharon, por cierto, no recuerdo que fueras de tan buen apetito, te identificaba más bien como frugal -comentó Antoine.

---

[27] NICON, De Pérgamo, Claudio Galeno. *Sobre las Facultades Naturales. Las Facultades del Alma Siguen los Temperamentos del Cuerpo*, Madrid, Editorial Gredos, 2003, visible en la liga: https://static1. squarespace.com/static/5d2dfea38c708800014f8c1a/t/5d336d1c15cf fe00017986d1/1563651369572/Galeno%2C+Sobre+las+facultades+ naturales.+ Las+facultades+del+alma+siguen+los+temperamentos+ del+cuerpo.pdf

-Y yo no recuerdo que contabilizaras el pan a tus invitados; *te identificaba más bien como dadivoso* -le respondió sonriente Aharon.

-Jajaja, no, no, lo que pasa es que me angustia tu dieta. Temo que te vayas a empachar o engordes con tanto brioche y luego no te queden tus trajes; sé lo mucho que odias gastar tiempo y dinero comprando ropa.

-Tengo que aprovechar estos manjares de trigo recién horneados; no siempre se tiene la oportunidad de saborear los deliciosos bollos de mantequilla que salen de tus hornos y la carne que preparan en tu cocina; sigo esperando la receta que con tanta secrecía guardas, Marie me pidió, no… corrijo, me exigió que no saliera de aquí sin tener la receta del pan.

-Ja, ja, ja, cuenta con ella.

-En vez de estar contando la comida de tus invitados, mejor cuéntanos, ¿en qué andas invirtiendo Antoine?

-Nada, nada, los negocios usuales, ya sabes; sin embargo, ya que lo mencionas, hace no mucho tiempo inauguraron en Lorena, un taller de vidrio; he visto su trabajo, es interesante; ya mandé hacer unos espejos; no me molestaría invertir ahí…

Siguieron charlando nimiedades. Terminado el almuerzo, tal como lo adelantó, Aharon se fue a Ginebra, en compañía de dos mozos de Antoine y no se les vio de regreso, sino empezando el anochecer del siguiente día, pero el doctor se encerró en un pequeño estudio que adaptó como laboratorio temporal.

Pasaba media noche. Vincent, con insomnio, oyendo solo ruidos bucólicos de la villa de Antoine, se dispuso a orar. Tomó su vieja Biblia -llena de anotaciones, con algunas hojas faltantes, otras rotas y unas más, manchadas-, su rosario y salió de la habitación. Bajó en silencio las escaleras, y atravesando la sala y el comedor, llegó al jardín, pasó los establos, hasta entrar en la pequeña capilla con su interior ligeramente iluminado con veladoras que titilaron al abrir la rechinante y pesada puerta de madera. Caminó hasta subir tres escalones que llevaban al presbiterio y finalmente al ábside, cuyo altar era coronado por un crucifijo con una estatua de Jesús, suspendida de una columna. Hizo una genuflexión, a la vez que se persignaba, regresando a la primera fila de asientos en hilera y comenzó sus rezos.

Había transcurrido alrededor de media hora cuando, de repente, algunas flamas encendidas fueron perturbadas, como si un viento las hubiera atravesado. Vincent abrió los ojos, no sólo por el sonido que hicieron, sino porque percibió una presencia. Miró a su alrededor, la puerta seguía cerrada y sin encontrar a nadie, regresó a sus oraciones…

-Buenas noches, Padre Vincent - Aharon interrumpió abruptamente los rezos de Vincent desde la entrada de la capilla, caminando descalzo y relajadamente hacia el altar; arrastraba con su mano izquierda un abrigo que dejó caer en un asiento; ya estaba adentro sin que Vincent se hubiera dado cuenta del momento en que abrió y cerró la puerta de aquella capilla, si es que realmente lo hizo. Sin abrir los ojos, ni levantar la cabeza, Vincent contestó:

-Buenas noches, doctor Lothbrok.

Terminó la cadena de oraciones que tenía en su mente, abrió los ojos, levantó la mirada hacia el cristo crucificado y se persignó, sellando así, todo rezo de aquella noche.

-No creí que fuera un hombre que acude a la casa de Dios -comentó Vincent.

- ¿Acaso no somos todos bienvenidos en casa de Dios todopoderoso?

-Sí, lo somos. No he dicho que usted en lo particular no lo sea, sino que su *presencia aquí, no parece* ser una costumbre y menos, su gusto; sin embargo, Él siempre se congratula de que cualquiera de sus hijos le hablen, aun aquellos que lo han olvidado o reniegan de Él -respondió Vincent.

-¿Mi presencia no parece ser...? -dijo Aharon sonriendo.

Padre, siempre hay mucho más debajo de lo que "parece ser"; la piel o las superficies esconden tanto... ¿no sería bueno que todos y no sólo su Dios supieran, o al menos pudieran, echar un vistazo debajo de ella?

-Sería mejor no ir por la vida ocultándose, ¿no lo cree, doctor?

Aharon ya estaba a unos pasos de Vicent y afirmó:

-Coincido con usted Padre, pero la mente de mujeres y hombres, no siempre toma a bien, lo que de su vista se cubre, pues de manera *a priori*, a todo lo oculto, le atribuirán malicia; es claro que las formas los gobiernan; necesitan de la luz y de la vista para descartar la sevicia.

-Sí, muchas veces es así, pues lo perverso tiende a enmascararse, transitando por muchos escenarios ya conocidos: engañando al espectador; ayudándolo, *curándolo*, guiándolo, aparentando debilidad, mostrándose como oveja o pastor frente a él, cuando en realidad, hay un lobo en su interior esperando la oportunidad de atacar y por error o engaño, caemos víctimas en sus fauces; de ahí que cuando identificamos el antifaz, prejuzgamos sobre lo que habrá debajo.

- ¿Nunca ha pensado sobre la posibilidad de que tal razonamiento sea incorrecto? -preguntó Aharon. Sí, me refiero al de las ovejas; y si... ¿la ayuda a las ovejas no radicara en un pastor, sino en un lobo o algo más? ¿Si el pastor es rebasado por las circunstancias? Digamos que, ¿haya muchos lobos? ¿Que no toda oveja se deje guiar por el pastor?

-De inicio, en su planteamiento no pondera que el lobo se alimenta de ovejas, en su naturaleza no está guiarlas, por lo que entonces, siguiendo su lógica, ¿el lobo iría en contra de su propia naturaleza? -le interrogó Vincent.

-No necesariamente. Mi duda, en principio, no parte de una base específica, como lo sería una posible falta de pericia del pastor como guía, sino de un supuesto hipotético, como lo he dicho ya, toparse no con uno, sino con una manada de lobos... ¿cuál cree que sería el medio idóneo para salvar a todas o al mayor número de ovejas?

En mi perspectiva, para cumplirse ese objetivo, no bastaría con ser mero pastor, sino también, allegarse de una fuerza, al menos análoga, sino es que igual… un equilibrio Padre…

El lobo tendría esa fuerza y si ha podido observar alguna manada de ellos, se dará cuenta que al menos uno, hace las veces de guía y si este, tiene la suficiente experiencia, sabrá cuando ceder ese mando para que alguien mejor dirija, es decir, conocen debilidades y fortalezas propias y de su manada, por lo que sin mayor problema o ego, endosa o comparte la batuta en pro de la familia; entonces, esa naturaleza a la que usted alude, no se limita a la mera ingesta de ovejas, también un animal así, se caracteriza por su fuerza y liderazgo, -argumentó Aharon.

-Está usted diciendo que, de tener un rebaño de ovejas, ¿dejaría un lobo a su cuidado? -preguntó Vincent.

-No es así de simple. En principio y tomando, como usted alude, a la naturaleza propia de cada ser, veamos la de las ovejas: unas se perderán, otras serán robadas o se irán intencionalmente ya sea por error o con pleno conocimiento con otro rebaño, algunas más, serán atacadas y ellas no están diseñadas para repeler los ataques de un depredador.

Así pues, lo que estoy diciendo, es que un simple pastor no basta, por lo que, si es necesario el poder del lobo, así lo haría; aceptando las bajas que pudiera haber en función de la naturaleza del lobo, a cambio de salvar y llevar por buen camino a la mayoría, creo que eso es un intercambio justo -refutó Aharon.

- *"Habitará el lobo con el cordero, y el leopardo se acostará con el cabrito y comerán junto el becerro y el león, y un niño pequeño los pastoreará."* (Isaías 11:6), ya desde entonces, corrobora la Escritura la diferencia entre lobos y corderos y que es viable un tiempo y un espacio, en donde no sólo el lobo puede habitar en perfecta armonía con el cordero, sino que el pastoreo de ambos, sin mayor reparo, podrá ser encargado a un niño. Si además interpretamos un poco más allá de la literalidad, nunca es buena idea dejar a una bestia estar al frente; en cambio, es en la pureza, inocencia y/o valores inherentes o propios de la niñez, aunque no necesariamente a un niño *per se*, donde podría hallarse la luz que necesita el pastoreo -controvirtió Vicent.

-No dudo o niego, que haya probablemente, espacio o tiempo en que así sea o será, pero por ahora, no es ahí donde moramos usted o yo; o ¿me equivoco Padre? -replicó Aharon.

-En el aquí y ahora, ¿es usted el lobo que quiere estar al frente de las ovejas de Dios? ¿Eres el castigo en Gévaudan? -en ese momento Vincent apretó con fuerza el rosario que sostenía en su mano izquierda y Aharon sonrió nuevamente.

-No, ni lobo, ni pastor y nunca me he interesado en el pastoreo, pero frente a Él y en su propia casa, liberaré al ovejero de su frágil crisálida, se la intercambiaré por la de un lobo y será interesante presenciar qué hace con el rebaño -sus ojos, otrora de hombre, aceleradamente se tornaron en dos estrellas negras de fuego y luz, las velas encendidas, nuevamente titilaban, pero no era aire aquello que las perturbaba... Vincent dejó caer su biblia, su rosario permaneció enredado en su muñeca...

Aharon tomó a Vincent por el cuello y frente a sus ojos inició su conversión a licántropo completamente negro, salvo sus franjas blancas; arrojó a Vincent hacía las escaleras del presbiterio y saltó sobre él (la velocidad que alcanzan los hombres o mujeres-lobo no es del todo percibida por el ojo humano, por lo que Vincent sólo vio que desapareció y apareció encima de él).

-Esto es lo oculto que hay en mí, lo que yace debajo de la piel del hombre. ¿Ves malicia?

Más con sorpresa que con espanto, Vincent con algo de esfuerzo pudo contestar:

- ¡No! hay algo en ti, pero no es maldad, me pude dar cuenta de ello en el desayuno, aun con tu piel de hombre, de un doctor, en tus palabras, en tus ojos; lo único nuevo frente a mí, es tu apariencia.

- ¡Vincent! -afirmó Aharon-, oigo tu corazón acelerado, percibo temor en ti, pero no... no es eso lo que te domina, hay algo más, estás demasiado tranquilo ante el peligro -soltó su cuello para que pudiera hablar con claridad, pero aun lo sometía; Vincent había alcanzado a interponer su brazo entre ellos, intentando cubrirse el rostro.

-Tengo miedo, no lo puedo negar, pero no te olvides donde estamos y dónde está mi fe; estoy en la casa de Dios no por casualidad, costumbre, ni mucho menos por mandato Divino o de hombre alguno, vine hoy aquí por convicción, a rezar por Cristine, y por ti, hermano; cualquiera que sea mi destino, lo acepto y te perdono, es mi voluntad.

-No elegí mal, bienvenido al camino de tu destino -Aharon mordió el brazo que Vincent le antepuso.

-Que así sea -dijo Vincent entre dientes, intentando no gritar del dolor y mirando hacia la estatua de Cristo crucificado; después, se convulsionó hasta perder el conocimiento.

Las velas que se esforzaban por permanecer encendidas, empezaron apagarse. Aharon se quedó viéndolas, como una estatua, hipnotizado por las flamas, hasta ver la última extinguirse. Ya en total oscuridad, caminó lentamente a cuatro patas, con un sigilo sepulcral; acercándose lo más posible al Cristo, se irguió en dos como si éste le hablara, puso su garra/mano derecha en la estatua; al alcanzar el vientre rocoso, agachó las orejas, sintiendo súbitamente electricidad que corría por todo su cuerpo, no agresiva, ni mucho menos dolorosa; más bien, extrañamente reconfortante, a grado tal, que lo estremeció; el pelaje de sus franjas blancas se erizó y la luz de sus ojos cobró mayor intensidad; bramó enseñando sus colmillos afilados, cuál si hubiera sido regañado y no estuviera de acuerdo, como el equivalente de un niño que refunfuña ante la llamada de atención de su padre.

Se apartó de aquella figura de Jesús y se echó al lado de Vicent.

Ya de mañana, despertó Vincent. Exploró su alrededor con algunos de los sentidos de hombre-lobo ya en desarrollo. Tenía un terrible dolor de cabeza y tantos estímulos que percibía, lo acrecentaban; optó por cerrar los ojos.

Aharon -en su anatomía ya humana-, lo veía sentado desde la repisa de un hermoso vitral estilo barroco del Arcángel Miguel en la parte posterior de la capilla; casi lo cubría por completo el crucifijo, por lo que Vincent no pudo darse cuenta de su presencia en ese primer despertar.

Vincent intentó calmarse, poner sus ideas en claro, recordando todo lo que había pasado, domeñando su respiración, ralentizándola, haciéndola más profunda, tratando de concentrarse en sus propios latidos donde siempre había encontrado paz; no estaba enojado, no había espacio en él para odio o resentimientos, se caracterizaba por ser alegre, rara vez se le veía serio. Ahora, todo era confusión.

Colgaba, todavía de su brazo, su rosario. A ojos cerrados, empezó a recorrer sus misterios con los dedos cuando algo llamó su atención; pudo ver como sus latidos se expandían en la oscuridad, y caminó sin tropezar hacia la estatua de Cristo; tocó sus pies perfectamente detallados, sintiendo las venas en ellos, junto con el clavo que los atravesaba. Fue interrumpido al percibir una presencia, que inmediatamente reconoció...

- ¿Qué me hiciste Aharon? ¿Qué me está pasando? -abrió entonces los ojos, viéndolo ahí sentado, con el

Arcángel del vitral a su lado, las alas vítreas y coloridas del ángel parecían salir de la espalda del hombre.

-Te di un regalo. Los tiempos en que las ovejas son guiadas o siquiera aconsejadas por un simple hombre, deben quedar en el olvido. Has visto lo que soy; tú ya eres semejante, que no igual.

-Ya que andas tan espléndido, hubiese preferido una nueva biblia -bromeó Vicent. Aharon sonrió- ¿Acaso me has convertido en una bestia?. Te lo he dicho ya, las bestias no guían a mujeres u hombres -le inquirió Vincent.

-Hermano, desde que nos volvimos a ver, percibí todo lo que en ti has construido con tanta devoción; no debes agobiarte, nada de eso fue arruinado.

El lobo que he puesto en ti no hará más que acrecentar eso que ya eres y traerá consigo, aquellas virtudes escondidas intencionalmente o no. Lo que hoy se te ha compartido, jamás deberá otorgarse a cualquiera.

Tu Dios y el universo, han puesto tantos regalos en mujeres y hombres, y ¿para qué? Vagan por este mundo sin darse cuenta de lo que han recibido, y otros más los usan sin sentido alguno; solo viven tomando todo aquello que creen merecer, esa es su aportación a la existencia, "tomar". Asquerosos fatuas -aseveró Aharon.

Poco a poco, Vincent iba adaptándose a esta nueva realidad.

- ¿Qué dices? Cuando das un regalo, quien lo recibe, ¿está sujeto a hacer con él lo que tú esperas? ¿No tiene elección para hacer con él, lo que quiera?

Das un regalo como expresión de todo ese amor con el que estás hecho, no lleva condición alguna o perdería entonces su naturaleza de "regalo" ¿no? -preguntó Vincent, más que molesto, intentando buscar respuestas.

-Sigues pensando bajo la visión de letras pretéritas -señaló Aharon a la vieja Biblia de Vincent. Si puedes hacer lo que quieras con el regalo, porqué tus ovejas necesitan de una guía, ¡déjalas que pasten donde quieran! Que deambulen sin dirección alguna, cada una por su cuenta, no las trasquiles; no deberías influir, ni siquiera a manera de "sugerencia", sobre el uso de esos dones que han recibido -respondió Aharon.

-No, no has entendido nada, hermano…

Aharon interrumpió aquella plática, pues oía ruidos cada vez más cercanos provenientes del jardín y de los establos.

-Vincent, me temo que tendremos que dejar las explicaciones para después. Ahora estás frente a una disyuntiva: salir de esta capilla y fingir, al menos por el momento, que nada de esto ocurrió; o, contarle a Antoine, una historia que parecerá de fantasía, una fábula que no podrás demostrar. Por si no te has fijado, tienes rota y con manchas de sangre tu camisa, pero no hay nada más (por la condición de licántropo adquirida, la marca de la dentellada en el brazo, ya había sanado). Sería la palabra de un sacerdote, contra la de un doctor.

-Como dije ayer claramente, Aharon, te perdono; aunque necesitaré mayor reflexión sobre esto, espero que al menos me recetes algo para quitar el dolor de cabeza que tengo.

—Pierde cuidado, desaparecerá pronto. Lo que necesitas es dormir un tiempo. Diré a Antoine que has acudido a mí por un *ligero* malestar, girando las instrucciones necesarias para aislamiento y reposo absoluto, que no te molesten bajo ninguna circunstancia. Será por tu propio pie, cuando salgas de tu habitación, que deban considerarte curado.

Ambos salieron de la capilla. Aharon al pabellón que había dispuesto Antoine para su estancia, en tanto que Vincent, se dirigió a una de las habitaciones donde durmió por día y medio, tiempo en el cual, Aharon aprovechó para elaborar un brebaje y un bálsamo de su propia invención para Cristine por la enfermedad que le asolaba. Ella, al cabo de una semana, se recuperó milagrosamente; limitaba sus exposiciones al sol, pero cuando no lo lograba, ya no obtenía a cambio, esas feas ampollas.

La tarde en que por fin Vincent se "*alivió*", fue despertado por el alboroto causado por Rodas, uno de los nuevos caballos de Antoine, que al acercarse a Aharon relinchó asustado, apeando violentamente a Antoine y desbocándose por todo el jardín, rompiendo con cascos y cuerpo, estatuas, macetas, todo a su paso. Fue el propio Aharon quien le dio alcance, logrando apaciguarlo con un silbido dulce y melódico; con su voz, tranquila y constante; con su lenguaje corporal, relajado, pero no temeroso; sus ojos, que le inyectaban paz, pero no sumisión; cuando lo tomó de las riendas, juntó su cabeza a la del equino y sus manos le transmitieron calma y familiaridad. Ningún humano pudo ver cómo fue que sus energías conectaron; llegaron a tal grado que latidos y respiración de Rodas, disminuyeron y se alinearon a los de Aharon.

-¡Será que tienes alma animal! -interrumpió aquel momento Antoine, a la vez que se sacudía la tierra e intentaba mostrarse libre de magulladuras por la caída, sonriendo nerviosamente- ¡Ah, jamás me había caído! -Aharon reía, no por la caída, sino por las excusas no solicitadas de Antoine.

-Jajaja, descuida, no es necesario defender tu hombría o pericia en las riendas. Todo animal, sin importar lo amaestrado o lo alejado de sus raíces que esté, posee una capacidad de percepción distinta a la humana, por tanto, no del todo limitada a meras siluetas, seguro que vio mi lado más salvaje y oculto -bromeó Aharon, aunque no realmente.

-Ah, pero qué dices, te conozco mejor que tú mismo -afirmó Antoine-, sólo aquel que no ha hablado de cerca contigo, se queda con la idea de que eres altivo, pedante e intratable; nada más alejado de la realidad, pero no creo que eso haya sido suficiente para Rodas, ¡caballo loco! Tendré más cuidado con él.

¡Vincent Dumont! ¡Creímos que ibas a dormir todo el mes! ¡Ya estaba dudando de la eficiencia de las prescripciones de Aharon, que gusto verte en pie otra vez!

- ¿Cómo se siente Padre Vincent? ¿Le duele algo? seguro tiene hambre, ha dormido un par de días -sondeó Aharon.

103

-Ya mejor, doctor Aharon, gracias por preguntar y sí, en efecto: estoy famélico, me comería un venado entero, como si fuera un lobo -respondió alegre Vincent.

-Siempre haciendo bromas, Vincent. Que no te escuchen esos a los que llaman loberos, porque tus comentarios no harían gracia y menos, en esas provincias de donde ustedes vienen. La Bestia de Gévaudan no las ha dejado de asediar, dejando una traza de extrañas muertes; recién leía en la *"Gazette de France"* las estadísticas: ya contabilizan 33 víctimas mortales, varias de ellas, incluso decapitadas. ¿Qué clase de animal haría algo así?

¿Qué se dice de la Bestia en Marvejols, qué crees que sea Vincent? ¿Un lobo, un oso o simples humanos perversamente disfrazados? -le interrogó Antoine.

-Recién escuchaba a Monseñor Gabriel, calificarla como tercera desdicha divina.[28]

---

[28] Tal como se señaló en la nota al pie número 11, Monseñor Gabriel-Florent de Choiseul-Beaupré, obispo de Mende, citado en *Historia de los Hombres Lobo*, op. cit. p.195, en la misa del último domingo de diciembre de 1764 expresó: *"¿Hasta cuándo, Señor, vuestra cólera, como si ésta tuviese que ser eterna? Con casi todos los pueblos de Europa, hemos sentido las calamidades de una larga guerra que ha despoblado las provincias y arruinado los Estados. Apenas comenzábamos a disfrutar los gozos de la paz, cuando ésta se ha visto perturbada por nuevas desgracias: la mortalidad de los animales, la alteración de las estaciones, el granizo y las tormentas han llevado la desolación y la esterilidad a nuestros campos. Pero pasadas esas primeras desdichas, he aquí una tercera, más terrible que aquellas que le precedieron. Este flagelo extraordinario, que nos es particular y que lleva consigo el carácter flagrante de la ira de Dios contra esta región, es demasiado.*
Una bestia feroz, desconocida entre nosotros, se hace presente súbitamente como un milagro, sin que sepamos de dónde pudo llegar. Donde se muestra, deja rastros sangrientos de su crueldad..."

Por mi parte, tengo la certeza de que no se trata de un lobo, oso o algún otro animal conocido. Veo en tales atrocidades, una maldad originaria, en donde no es ajena la intervención de un hombre, por lo que, acorde a las relatorías de los sobrevivientes, podría tratarse de un *berserker*,[29] esos antiguos guerreros vikingos conocidos por su fortaleza y bravura, cubiertos con alguna piel animal, y de ahí que en las agresiones registradas se inmiscuya la mano del hombre. Si le sumamos, las penumbras, miedo, prejuicios, supersticiones, imaginación y sugestión, puede dar como resultado que los sobrevivientes no sean del todo objetivos, pues afirman que son de apariencia cambiante, un *versipellis*.[30]

Por lo que en mi broma de lo que comería, no parte de la premisa de lo que acecha en Gévaudan, sino del apetito de un lobo -respondió Vincent.

---

[29] *"... Entre los antiguos nórdicos existía la costumbre de que algunos guerreros se cubrieran con las pieles de los animales que habían abatido, y de este modo se investían de un aspecto feroz, calculado para infundir temor en el ánimo de sus adversarios... llevaban pieles de lobo sobre la cota de malla... En cualquier caso la palabra berserkr, atribuida a un hombre poseído por fuerzas sobrenaturales, y sujeto a accesos de furor diabólico, se aplicaba originariamente a uno de esos valientes campeones que salían cubiertos con pieles de oso, o con túnicas hechas con piel de oso sobre la armadura... Se dice que los berserker se provocaban a sí mismos un estado de frenesí durante el cual se introducía en ellos un poder diabólico y los impelía a realizar acciones que en su sano juicio habrían rechazado..."* Véase, *El Libro de los Hombres Lobo. Información sobre una Superstición Terrible, op. cit.* p. 52 y 54.
[30] Se les dice así a los que pueden cambiar de piel, de forma.

-Al menos en algo coincido parcialmente con el Padre Vincent -intervino Aharon-. No hay registros de que un animal desmiembre o decapite sus presas, si no es para alimentarse y se ha sabido de casos, en que ni siquiera come a los que mata, sólo chupa su sangre.

En lo que disiento, es que se trate de un castigo de Dios. El colectivo, incluidos los asesores de su Majestad, al no encontrar explicación lógica, recurren a lo divino para llenar esos huecos que su razón y ego les impide hacerlo de manera certera; por poner otro ejemplo, tan solo en Berna, por ahí de 1580, más de 1000 personas fueron quemadas en la hoguera por brujería, atribuyéndoles entre otras cosas, los cambios climáticos.[31]

En mi perspectiva, sólo estamos en la presencia de una expresión más de poder.

Sí, me refiero a alguien con cierto poder -cualquiera que sea su origen o naturaleza-, que ha encontrado otra

---

[31] La información de Berna es extraída de *La Pequeña Edad de Hielo*, op. cit. p. 147.
"...Además, se creía que las brujas medievales conjuraban tormentas y envenenaban el aire para dañar las cosechas, que podían destrozar los campos con una simple mirada y que se regocijaban con la simple idea de causar problemas. En el primer tercio del siglo XV, el fraile dominico Johannes Nider clasificó los efectos de la brujería en seis categorías: la capacidad para infundir amor u odio en otras personas, la de provocar la impotencia en los hombres, la de perjudicar al ganado o dañar las propiedades, la de propagar enfermedades y la de provocar la locura o la muerte...", extracto visible en *El Libro de las Brujas*, HUSAIN, Shahrukh, traducción del inglés por Andrea Daga, Editorial Impedimenta, España, 2023, p. 21.

forma para dominar e imbuir terror en mujeres y hombres, atentando contra su vida, su integridad y a su propiedad, seguro con algún objetivo tampoco novedoso. Para mí, es exactamente lo que ya hace el hombre entre los suyos y demás especies.

Muchos hombres, con el poder de un arma en sus manos, no se comportarán jamás, igual a uno desarmado; si además, el hombre armado tiene autorización para usarla -o no existe impedimento real, moral o divino que así lo constriña-, lo que podría implicar, falta de represalias, se sentirá aún con más poder, por lo que, en ese supuesto desnivel, si se le amenaza -verdadera o ilusoriamente-, o se va en contra de sus propósitos e intereses, aplastará lo que considere debajo suyo, demostrando esa supuesta supremacía.

Así pues, en este último razonamiento, intercambien la palabra "arma", por "bestia", "normas" "instrumentos" "dinero" o lo que se les ocurra que los ubiquen social, religiosa, económica, política o físicamente, en un "desnivel" en comparativa a los demás seres ¿qué harían esos muchos hombres o mujeres?

Lo novedoso de la bestia, es su silueta y el quién lo está haciendo, pero este comportamiento en el fondo, sólo es una perpetuidad de lo que el humano en toda su historia ha hecho; lo único que varía y variará, sólo serán las formas.[32]

---

[32] Joyce E. Salisbury, citado a su vez, por Robert Muchembled, en su obra *Historia del Diablo Siglos XII- XX,* Ed. Fondo de Cultura Económica

En cualquier caso, los hombres encomendados para el trabajo de detener a la Bestia de Gévaudan, no están dando los resultados que se espera de ellos, yo ya los hubiera despedido o fusilado por su ineptitud, aunque seguro son recomendados, amigos o parientes y por eso se les sigue manteniendo; ¡Ja! Conducta nada novedosa en el contratante y contratado, típica de muertos de hambre y peor, cuando el contratante no se da cuenta de la impericia del prestador de servicios, puras negativas a reconocer sus patentes limitaciones... muestras inequívocas de un ego corrupto, un grado sobresaliente de estupidez o gente sin talento.

Pero bueno, regresando a la Bestia, ataques, crueldad y perímetro de actuación parecen ir en aumento.

¿Será que, sin darnos cuenta, la Bestia anda entre los mortales, Padre?

Tal vez sea un lobo vestido de oveja; de ahí que, al buscarla entre lobos, no la encontraran jamás. ¿Por qué no mermar los rebaños, en vez de las manadas? -arguyó Aharon.

-Bueno, bueno, no te enojes Aharon, como sea, lo que yo veo en un futuro cercano es la comida que Joseph ya

México 2002, p. 46, "... *estima que la evolución del miedo en los animales en el fin del Medioevo revelaba un temor a la bestia interior en el ser humano (The Beast within, según el título de su obra), capaz de borrar sus cualidades de racionalidad y de espiritualidad para no dejar subsistir más que los apetitos bestiales de concupiscencia, de hambre y de violencia"...*"

tiene lista, iré a cambiarme esta ropa sucia y los veo en la mesa -afirmó Antoine, concluyendo así esa plática.

En los días siguientes Aharon y Vincent pasaban mucho tiempo platicando; donde el primero le instruyó, parte de lo que sabía de esta nueva condición, cómo despertar al cuadrúpedo, lo que había en la oscuridad, aunque intencionalmente no enseñaba todo a Vincent, en su lógica, éste debía experimentar algunos aspectos por su cuenta, por lo que incluso, en temas como la primera conversión, alimentación o caza, lo dejó sólo. Ambos permanecieron en casa de Antoine hasta la "milagrosa" recuperación de Cristine, para verificar que no recayera; luego de eso, regresaron juntos a Mende, donde descansarían unos días en la residencia de Aharon esperando la primer luna de Vincent y la primer clase teórico-práctica de la metamorfosis fuera de esa noche. Para aquel entonces, Aharon ya había atarazado a Pierre acrecentando -según él-, su manada.

Vincent-lobo, en relación con Aharon, no era tan imponente. Variaba en tamaño, pues Vincent era más esbelto; su pelaje negro, blanco, gris, algunas manchas de color café, y en general, de aspecto jaspeado. Sus ojos amarillos en noches de luna llena, pero en la conversión a potestad, no con tanta paleta de colores característica de los de Aharon, eran por así, decirlo, simples, de pupilas negras; iris negro, iluminado con filamentos blancos y azules en forma de llamaradas (con ese característico movimiento insondable) y la esclerótica, hecha de luz blanca.

V. EL PODER DEL AULLIDO.

...todas las formas de monopolio
del pensamiento rechazan completamente
al adversario, no sin atribuirle
un carácter diabólico de paso.
(Robert Muchembled)

Aharon y Vincent -en su estampa humana-, caminaban ya entrada la noche, callados y descalzos por el monte boscoso. El doctor veía con claridad el destino, no titubeaba (en realidad, con los aullidos que provenían de lejos, trazaba en su mente y al instante, la ruta a seguir); Marie, Nuage, Arqui y Pierre (mujer y hombre en su estado natural), detrás suyo, pero no de cerca, ni a la vista. Marie y Pierre, no se guiaban por sus sentidos "normales"; sino por los recién adquiridos; el sonido de los pasos, pero, sobre todo, por la esencia que dejaban en su andar esos dos hombres, eran su norte.

Por fin, detuvieron su marcha en el claro de una cordillera, Vincent aún no lo advertía, pero desde ese punto, en breve, verían a la familia de lobos que habitaban cerca del río Ródano.

No pasó mucho tiempo cuando Nuage, Arqui y Pierre, comandados por Marie, los alcanzaron, pero no se les unieron; sin mediar palabra, entendían el propósito de Aharon, por lo que se quedaron montando guardia.

-Aquí es -Aharon rompió el silencio-. No quiero perturbarlos y menos que sientan una amenaza donde no la hay. Dirige tu atención hacia aquella parte de la montaña, Vincent -dijo, señalando la parte sur de la misma.

Apareció ahí un gran lobo negro, joven. Sus ojos, dos trozos del más precioso oro jamás encontrado, tenía una veta plateada que iba desde la parte interior de su hocico, bajando por cuello y pecho, recorriendo todo su abdomen, con trazos salientes, similares a los de una raíz que se extiende por debajo de la tierra; su oreja izquierda, mochada por una antigua disputa; sobre su cuerpo, contrastaba la escarcha cayendo, creando casi, una pintura postimpresionista. Tomó un respiro, llenando al máximo sus pulmones, observó a su alrededor, detuvo su atención en Aharon y Vincent, aulló, no advirtiendo o amenazando a los mirones, sino de reconocimiento, de alegría, como la que se genera al ver a una buena amistad. Los ojos de Aharon cambiaron en ese instante, ya no eran azules, sino esa especie de hoyos negros rodeados de fuego, luz y oro con un toque morado.

En respuesta a ese aullido, se oyeron dos más, provenientes de las hembras jóvenes que no tardaron en salir de la vegetación, seguidas por tres machos; uno de mayor edad y tamaño que cualquiera de los anteriores. Era realmente majestuoso. Guardaba en su rostro, varias cicatrices; de pelaje negro, dorado y plateado que cubría todo su cuerpo, que de tan de sólo mirarlo, uno se perdía en él y se hallaba de súbito, en un ocaso, de esos sumamente nublados, donde la luz del sol y del rayo, iluminan por segundos las más grandes nubes grises, augurio de tormenta.

En tal cuadro familiar, faltaban cuatro lobeznos que, al ser una noche destinada a la cacería, no salieron de la guarida; sirviendo de niñeras dos de los cuadrúpedos con mayor experticia.

-¿Los oyes Vincent? -le cuestionó Aharon.

-Sí, se han dado cuenta de nuestra presencia. Nos saludan, es un canto, pero también, una convocatoria, al parecer, organizando la cacería -asentó Vincent.

-Tienes parcialmente la razón, pero no es "*solo un canto*". Creer que todo suceso de la vida debe o puede ser percibido y leído sólo a través de los impulsos eléctricos, transformados así por los sentidos correspondientes,[33] es susceptible de provocar un vacío en la comunicación, viciando el origen, mensaje, medio de difusión o el propio destino.

Si un aullido, es sólo interpretado por el cerebro como un sonido "agradable", no eres destino del cantar de un lobo; sigue así, sólo podrás percibir la superficie de la vida, cualquier destello deslumbrará tus ojos.

---

[33] Como una vibración acústica, por el oído; una vibración electromagnética, por la vista; el aroma, por el olfato; la presión mecánica, por el tacto; o un sabor, por el gusto.
Es de precisar que los términos "vibración acústica", "electromecánica" y "presión mecánica", en relación con los sentidos, se tomaron del reel intitulado "*¿Qué es la realidad?*", del Doctor en Física Javier Santaolalla visible en: https://fb.watch/nUmfnLvzQb/

El oído, podrá ser puerta de entrada y transformar esa magnitud física que representa el sonido en impulso eléctrico, pero no la única, ni mucho menos el cerebro, donde necesariamente se agota o descifra un aullido:

En ciertas ocasiones, habrá de usarse otro sentido para comprenderlo; y

En otras tantas, no será sólo a través de los sentidos y el cerebro que podamos conocer el mensaje, sino que deberá ser el corazón, las entrañas e inclusive, eso a lo que denominamos alma, a quienes corresponde su percepción e interpretación.

Frente a ti y usando solo mis ojos de humano, sólo puedo ver tu cuerpo. Si además, uso mi cerebro, leo tus micro expresiones, estructurando una idea un tanto abstracta de ti, asociada a tu aspecto físico; pero al cerrar los ojos o al mirar como un lobo, usando la oscuridad como velo, será la "bestia" en mí, quien perciba tu alma… sus matices, su campo de incidencia; al oír, sentir y mirar la percusión que genera tu corazón e impulsos eléctricos que te recorren, es que verdaderamente puedo llegar a conocerla; porque son estos los que transmiten al interlocutor adecuado, todo aquello que se es. Dale tus latidos a quien pueda escuchar y extraer de ellos, no sólo tu humanidad, sino la melodía que estremezca su existencia…

¿Sabes por qué?

Para el humano promedio, cerrar los ojos, sólo conlleva oscuridad, lo que de inmediato en su cerebro, genera la idea de un impedimento, inseguridad, pavor; sólo algunos se entrenan para conocer su entorno sin usar la vista; pero para un lobo o uno de nosotros, no es así; la oscuridad no implica ceguera, pues en ella encontramos claridad; y si además, usamos otro sentido, como el tacto -cual si fuera un hombre ciego-, o algo más de nuestro ser, como aquello a lo que llaman alma, podremos no solo conocer, sino también conectar.

Por eso, cuando juzgamos bajo la perspectiva de uno solo de nuestros sentidos, lo hacemos de forma incompleta, sesgada, y andamos por el mundo y por la vida así, sólo a través de superficies ... tan banales.

Ahora cierra los ojos, deja que la oscuridad sea quien te guíe y llena tu ser, con el canto del lobo... -Ni bien pasaron unos minutos, cuando ahí estaba otra vez, una sinfonía lupina, de sus hermanos...

-¿Puedes verlos... los sientes? -cuestionó Aharon.

-Si puedo, ahí están... su belleza, libertad, fuerza, amor, miedo, tristeza, fuego, dolor... tanto dolor -Vincent lloró, se derrumbó poniendo las manos sobre la tierra.

Espera ... pero no es vibración acústica lo único que hay; puedo ver la energía que emana y fluye a través del viento, que se entrelaza con la que ya hay y circula dentro y por debajo de los árboles, de los córvidos, de un oso... de la tierra misma ¿es el Ródano allá a lo lejos?

-Es la vida, Vincent, cada uno de sus componentes siempre están, voluntaria o involuntariamente, en constante "transmisión" de algo, tal vez o no, a alguien; pero no es un mensaje hecho para todo ser, ni todos querrán saberlo; aquellos perdidos en sí mismos, no podrán conocer este, y por tanto, jamás serán capaces de desentrañarlo; vivirán y morirán en completo desperdicio, desechables al fin de cuentas.

Vincent podía percibir mucho más que el propio Aharon, energía luminosa y oscura, emanadas de tanto... todo ello atravesó su ser. Por supuesto, no toda palabra de Aharon tenía sentido, jamás podría calificar la existencia de alguien como un desperdicio, como desechable; aun en aquellos a los que la sociedad rechazaba o ni siquiera miraba, inclusive en los de conductas execrables, él podía encontrar la luz y oscuridad con que tocaban la vida. Además, advirtió que cualquier movimiento (aun el más lento e imperceptible) de todo ente, deja detrás suyo, residuos de energía de variados colores; un halo, como si fuera la cuota a pagar o que es arrebatada de nosotros, por tiempo y espacio, al permitirnos fluir a través de ellos; es como si cada desplazamiento hiciera eco en toda luz y oscuridad que traspasamos.

-Míralos Vincent, no sólo aúllan para ellos, le contestan a la naturaleza, se preparan para cazar, dan la bienvenida a la noche, a la lluvia y al frío que traen consigo; ese dolor que ves y que se trasmina a ti, alguno de ellos lo ha integrado a su ser, lo adopta, no para guardar rencor, ni marchitar su corazón, sino solo como una parte más de su existencia. Agradecen y celebran la vida, al igual que la muerte. Todo miembro de esa familia recibe con beneplácito el aullido de sus hermanos y si quieren ser parte del canto, así lo hacen.

Como ese otro aullido con notas más suaves, viene de una energía más joven, una hembra, ha visto el dolor, busca reconfortar y equilibrar -usando la parte de su energía que origina la alegría-, a esa alma herida ¿ves cómo las energías se unen, se entretejen? causan efervescencia con el solo "roce" y no sólo eso, abre tus ojos y mira sus formas: observa como ella restriega su cabeza cerca del corazón de su amante y le da pequeños mordiscos; no quiere lastimarlo, todo lo contrario, ataca y quiere arrancarle parte de ese dolor, repartirlo, distribuirlo.

Ahora *"pon tu ser"* en ese otro, es también con notas suaves, ¿su mensaje?

...no sé, no logro descifrarlo del todo, lo que sí te puedo decir, es que no debe ser leído de manera aislada; lo ha mezclado con el ulular de aquella lechuza, con el grillar, con el sonido del viento a través de los árboles, de sus ramas, de sus hojas, así como con la energía proveniente del agua que cae tenuemente en escarcha y la de aquel oso dormido - cual, si fuera todo ello, una pequeña orquesta que ella no solo dirige, sino en la que participa tocando un instrumento-, para crear una melodía, que con seguridad, únicamente cobra sentido en un alma de idéntica magnificencia... su amado-. Pero mira sus energías, hay un tipo de lazo entre ellas, no están del todo juntas como las de los otros, sin embargo ¿puedes distinguir a la que directamente ha alcanzado? ya brilla más; y fíjate, no ha causado un efecto exclusivamente en ella; con esa creciente, ha logrado irradiar aquello que la rodea, no sólo a sus hermanos, también a la tierra, las plantas, ese pino atrás suyo, los animales que en él habitan, míranos, nos ha alcanzado… ese sin duda, ha sido el destino de este aullido.

Es la manifestación de cierta conciencia cánida, que acaricia la existencia misma, la enriquece, eso es… al menos por hoy, el cantar del lobo.

Tratemos de ver el aullido desde otro enfoque.

Como todo animal que conocemos, mientras estén vivos, respiran, ¿correcto?

-Así es -contestó Vincent.

-Es decir, toman por inercia o con intención, un elemento que esta tierra les brinda, el aire, lo conducen en su interior, llenan sus pulmones, lo devuelven y comparten a la demás vida, no como lo captaron, ni en un mero sonido, sino al menos, en los que ya hemos percibido, en una melodía que atraviesa la existencia; el cómo incidirá y para qué, dependerá tanto del emisor, como todo aquel que sea espectador. Imagina ese aullido que busca reconfortar el dolor, jamás sería percibido en los depreciables oídos de los loberos.

En conclusión, digamos que un aire frío pudo única e inicialmente erizar tu piel; pero, un organismo vivo, que usa esa misma materia prima, la podría esculpir con tal sencillez y complejidad, que logre erizar tu alma.

¿Crees que no hemos sido testigos de al menos, voluntad, poder y belleza en tales animales? Más aún, parte de esa belleza no está oculta, sino que está a plena vista, en este caso, a la audición, al alcance -en teoría-, de cualquiera y sin embargo, el humano promedio nunca la encontrará, aun teniéndola enfrente, la repudiará, inclusive la aplastará, su mente ha sido cegada por miedos, por falsos brillos que trasminaron todos sus sentidos hasta enraizarse en su razón, en su corazón.

¿O me equivoco? ¿Qué recibe a cambio, el lobo del hombre con quien tiene la desventura de compartir estas tierras? Es exterminado...

Por mero placer, por dinero, en supuesta protección de su propia existencia, creyendo que el cánido es una criatura del Diablo.

¿Con base en qué, en textos mágicos que a su vez y sin ningún tipo de fundamento estigmatizan a esta especie? ¿Has visto una criatura del Diablo? ¿Qué características tiene? ¿Cuáles de ellas se replican en un lobo normal o en algún otro ser que no sea una mujer u hombre?

Conozco al Ángel Caído... hay tantos hombres y mujeres en estas tierras con más parecido a él, de lo que jamás un lobo lo será -dijo Aharon con notorio desprecio en su voz.

-No lo he visto en persona, -replicó Vincent-, pero como bien dijiste, no sólo percibimos con nuestros sentidos... se oculta entre las ovejas. No habita en un solo ser. Es capaz de influenciar a mujeres y hombres buenos, de gobernar en otros tantos y ni siquiera lo notan. Pero sólo la luz de Dios podrá sofocar las llamas del infierno que trae a estas tierras.

-Te equivocas, Vincent. Hace mucho tiempo que tu Dios dejó estas tierras, abandonó a mujeres y hombres a su suerte. Crees que el Diablo habita entre las ovejas, pero más veces de las que crees, no es el Diablo en sí, sólo son ellos, el simple humano mediocre, emulándolo, evocándolo con sus acciones… son nada más que niños con un arma; así son en su mayoría, incapaces de encontrar o siquiera querer luz; la única querencia de su podrido corazón, es coger cualquier baratija que momentáneamente brille ante sus mundanos ojos y cambiar lo que sea por ello. ¿Con qué razón o sentimiento? ¿Acumular más que su vecino? ¿Qué los demás puedan verlos, reconocerlos y admirarlos? ¿La gracia real? ¿Perpetuar exactamente lo mismo en su descendencia? ¿La vida eterna y el bienestar en ella?

-¿Es así hermano? O, ¿es el dolor y el rencor que permea a tu corazón o brota de él y guía tus palabras? -le inquirió Vincent.

-Ja, has visto tan poco de mí… ¿quién ayuda a un niño de tres años víctima de la peste? ¿Quién está ahí cuando una mujer inocente acusada de brujería arde viva en la hoguera; cuando tantos de tus hermanos lobos han sido degollados y sus cuerpos cercenados?

… yo he estado en cada uno de esos momentos, Dios no, pero el Diablo sí y solo se regocija ante ello.

-Oh hermano, lo que has visto con tus ojos de humano y de lobo, sólo es el albedrío y el poder del hombre, ambos, reflejo de la gracia de Dios, quien, en su infinito amor, deja que tomemos nuestro propio camino. Tú mismo has extendido la mano a los enfermos, sin esperar algo a cambio, rechazando fama y riquezas; has inutilizado trampas de loberos, ¿no crees que eso es permitido por Dios? -replicó Vincent.

-Tienes tanta fe en Dios y su creación. ¿Es la fe, el filtro con que percibes al mundo? ¿No será ella la que te impide ver, la que cierra tus ojos de humano, dándote meras sombras a cambio y llenando los huecos de tu razón?

Te he enseñado un poco a "mirar" en la oscuridad, a través de la carne y la apariencia, usando los medios idóneos en función de lo que percibas; anda, levántate, mira a mujeres y hombres, conócelos por fin…

Nuestro destino, querido Vincent, va más allá de cualquiera que haya podido siquiera imaginar tu Dios, con ese infinito amor al que tanto aludes…

Ambos quedaron en silencio. Vincent sabía que en Aharon había oscuridad y de momento, no sabía cómo o con qué desbrozarla; ¿a qué destino pudo referirse? Aharon continuó hablando…

-¿Qué dice Dios de que una bestia y un hombre habiten el mismo cuerpo?

La Iglesia misma, dice que la Bestia es una criatura del Diablo.

Si la mujer y el hombre fueron creados por Dios, entonces ¿de día somos seres de Dios y de noche instrumentos del Diablo?

Le has entregado tu vida, para servirle en estas tierras… ayudas a todo aquel que busca aliviar su alma, sin importar quien sea; eres el pastor, desayunando con un pobre campesino o con Luis XV en persona; pero por las noches, ellos podrían ser tu banquete…

¿Es voluntad de Dios que así sea? ¿Dónde ésta la tuya entonces?

-Ahora tú eres el que percibes sólo una imagen, Aharon, y no todo lo en ella inmerso. Tanto en ese almuerzo, como en la cena, podría estar el Diablo presente, pero también en ambos, confluye el amor de Dios, con la voluntad que puso en cada uno de nosotros. Por la mañana, será en el mismo sentido: amar al prójimo; en la *cena*, sólo se ha hecho más difícil, se nos ha puesto a prueba -incluso el mismo Diablo tentó a Jesús en el desierto-, habremos de llevar la luz matutina, al animal que despierta por las noches.

Imagina que prendes una vela en el día más soleado, podrás verla, pero ni al campesino, ni a Luis XV ayudarás o le servirá de mucho; guíalos con esa misma candela bajo el manto de la noche y podrán seguirte.

-¡No, no, no, Vincent! sigues con la venda de la fe sobre tus ojos y a eso le llamas mirar, pero no necesariamente es así.

En efecto, desayunarán bajo el sol y tu lámpara no servirá en esa luz; pero la noche está hecha de energía diferente, no necesariamente maligna, aquella para la cual, la humanidad no fue preparada por tu Dios y esa linterna hermano mío, sólo representa un intento mediocre, dotado de necedad, o debo decir, de ego para seguir el camino más pronto, más fácil, mirando con tus ojos terrenales, encontrando sólo aquello que brille ante ellos, pero no es así como funciona. Si la composición del medio es otra, los *instrumentos* que habrán de usarse cuando lo habitas o al menos lo transitas, deberás cambiarlos.

¿Quieres presentarle al cuadrúpedo que ya mora en ti, a tu Dios?

Detente, míralo, tócalo, percíbelo como lo hemos hecho ya con los aullidos y con la existencia misma, sabrás lo qué es y si es que requiere de esa misma luminiscencia para ser dirigido.

-¿Pero qué dices? ¿Hay lugares donde Dios está vedado? No, no lo acepto -renegó Vincent.

-Ya lo verás.

-Me parece que sigues viendo un escenario incompleto, Aharon. ¿Qué te hace suponer que lo que ahora somos, escapa del "manto" de Dios?

-Y tú, hermano ¿crees que si te presentas con lo que hay debajo de tu piel de humano ante su majestad o alguno de tus superiores seguirás contando con su venia? -preguntó Aharon.

-Es ahí donde creo está tu error; su majestad, o alguno de mis superiores, son humanos al fin y al cabo. Como te he dicho ya, el amor de Dios y la voluntad del hombre no necesariamente están en sincronía en todo momento -respondió Vincent.

-Entonces, afirmas que ¿la voz de *"ellos"*, no representa la voluntad de Dios? Pues que *"ellos"* no escuchen tus palabras, como dijo Antoine, corres el riesgo de ser excomulgado o quizás intentarán imponer sobre ti un castigo peor -refutó Aharon.

-También remembrando la casa de Antoine, estoy frente a alguien de buena fe, no veo amenaza, por lo que no veo necesidad de contención en mis palabras. Regresando al tema, si me presento con mi piel de lobo frente al hombre, este último no necesariamente tendrá la capacidad o voluntad de ver en tal estampa el amor de Dios, incluso tú mismo lo estás negando, pero atribuyes algo positivo en la conversión. Probablemente muchos individuos también lo negarán y a diferencia tuya, lo revestirán con un efecto negativo, ¡obra de Satanás!, dirán.

Será necesario presentarte ante Dios mismo, para adquirir certeza sobre su designio.

-Pues entonces te contradices o es que ha cambiado tu manera de pensar, veamos:

Eres por convicción, un sacerdote y así, ya has sido ordenado, yo diría un "pastor de ovejas".

Apenas en la capilla de Antoine afirmabas que el lobo no puede, ni debe guiar ovejas.

Pero hoy sostienes, que el hecho de que lobo y hombre habiten el mismo cuerpo es intención de tu Señor.

En esa línea de pensamiento ¿querrá que el carnívoro guíe sus ovejas? -argumentó Aharon.

-No sé si sentirme insultado o sorprendido, pues creí que tu inteligencia era superior a tales falacias.

De inicio, te puedo decir que sería engreído de mi parte, si afirmara conocer con seguridad cuál es el sentido de su voluntad en todo supuesto que se presenta en la vida.

Dicho lo anterior, dudo que exista sólo una conjetura aceptable a tu planteamiento. Pero tampoco podemos iniciar de una incertidumbre, por lo que pongamos un andamiaje "simple", pero sólido en el que creamos y coincidamos, como lo puede ser "el amor al prójimo". Gracias a la voluntad y cierta capacidad que yacen en mí, si quieres por naturaleza o cualquier otro manantial que desees atribuirle, elegí un sendero que me llevara a ese objetivo. En mi caso, ordenarme como sacerdote, donde puse todo mi empeño para servir a Él y a los demás.

Con eso mismo (libertad, voluntad y poder), tú decidiste crear un punto de convergencia o interrumpir mi elección, respecto de lo cual, por mi fe, no tengo la menor duda de que está involucrada su venia; pero ello no implica, como exclusivo escenario, que el carnívoro deba guiar a la oveja, sino que tal vez, deba renunciar al sacerdocio; o, así como logramos la conversión fuera de la luna llena, hallar también en nuestro interior la fuerza para lograr la hibernación perenne del animal; la supresión para esa noche; que este nuevo poder adquirido sirva de alguna forma aún no descubierta para mi objetivo o alguna otra conclusión que a la fecha no se nos ha revelado y eso amigo mío, es su infinito amor al otorgarnos libre albedrío.

San Agustín incluso afirmó que Dios ha permitido el mal, para extraer de ahí el bien. -arguyó Vincent.

-Lo único que me queda claro y lo notes o no, es que estructuras tu razonamiento con apoyo en la fe o en que la vida es solo rosa, pero descuida, celebro las discrepancias entre tú y yo; no es mi intención que en lo particular admitas o adoptes mi pensamiento como única línea de comportamiento aprobado, ni que te desvivas en méritos para obtener mi gracia en este mundo o en cualquier otro -respondió Aharon.

-Pues estoy confundido. Si no es tu intención que acepte tu pensamiento como única línea de comportamiento, ¿por qué me has "*reformado*" en lo que soy? -inquirió Vincent.

-Me extraña tu pregunta Vincent. Creí que ya lo habías descifrado; no quiero que seas como yo, no podrías. Te di la posibilidad de maximizar tu unicidad; sólo tú sabes lo que eres y ya deberías tener una idea de lo que podrás ser.

Imagina a una hormiga y a un águila calva, ambas ven el mundo desde donde están o pueden posicionarse. Las dos tendrán razón de lo que en su realidad existe, nunca he dicho que una sea mejor que la otra o que han sido creadas incompletas; lo que digo es precisamente lo opuesto. Ambos seres son tan perfectos y diferentes entre sí, uno como hormiga y el otro como águila. Si los dejas ser, la hormiga será capaz de cargar hasta unas cincuenta veces su peso, son extremadamente organizadas, entre otras tantas características. Las águilas no aguantarían cincuenta veces su peso, sería como si cargaran un oso pardo joven; sin embargo, tales aves se catalogan entre los cazadores altamente eficaces, su cuerpo y habilidades están diseñadas para ello, verbigracia, su visión kilométrica. Cuánto poder, cuanta belleza en ambas especies. ¿Y si las pudieras combinar en un solo ser? Pero no solo conservando aquello que hace especial a cada especie, sino incrementándolo.

Muchas de esas ovejas que guías, sólo quieren ser guiadas, llevadas de la mano. Es como si al águila la encerraras y le dieras de comer, lo que el hombre ya le hace en su detrimento. ¿Qué caso tienen las habilidades del animal ante tal escenario? Pobre criatura, expoliada de la naturaleza para el deleite de unos ojos mundanos. ¿Estás de acuerdo que ello representa un desperdicio en el potencial del águila[34] y por ende, para la existencia misma? Incluyendo en esta última el desequilibrio monumental que generan en el hábitat de donde la sacaron, pero no nos centremos en el notorio egoísmo inmerso en tal acto y cualquier razonamiento estúpido con que pretendan justificarlo, salvo que sea por la protección del ave de la propia voracidad humana.

Pude ver gran parte de ti, con mis ojos de lobo. Te di un don que permite incrementarlo "sea social o naturalmente

---

[34] Sin duda, un poco refiriéndose a la eudaimonia de Aristóteles.

bueno o malo"[35] y como dije en la capilla, es interesante lo que hagas de él, no para mi complacencia, no me interesa un zoológico, sino para la propia existencia. El que yo lo presencie, es un beneficio de carácter satelital -replicó Aharon.

-Ah, ¿entonces tienes complejo de creador? -reclamó Vincent.

-No, tengo complejo de no ser meramente contemplativo como tu Dios -contestó Aharon.

- ¿Eso crees?

-Estoy seguro, -afirmó Aharon.

-Oh, hermano. Ojalá, Dios te dé la oportunidad de corroborar que eso no es así. -dijo Vincent, terminando así, aquella plática.

---

[35] En la filosofía de Aharon, existe el mal, más allá de la mera acepción social: Bien o mal "social": hechos tipificados por el humano, es decir, aquellos que social y contingentemente son calificados como buenos o malos. Mal "natural": con independencia de que el humano los califique o no como actos o hechos malignos, lo son; ejemplo de estos, podría ser causar dolor y/o muerte a conciencia y por mera diversión.

VI. EL PERRO MOJADO.

Hay alturas en el alma desde las cuales
la tragedia misma deja de parecer tragedia…

(Friedrich Nietzsche)

Días después, Vincent regresó a Marvejols, experimentando por cuenta propia, su nueva condición. Se negaba a estar a expensas de Aharon, a renunciar a sus votos, a su abadía (donde vivía sólo con Hugo, un señor de edad avanzada, que fungía como su ayudante), a sus actividades eclesiásticas y a Marvejols que tanto amaba. Por las noches y en la más absoluta de las cautelas, salía, buscaba a la Bestia de Gévaudan, desactivaba e inutilizaba las trampas de los loberos; aun no lograba la concentración necesaria para la conversión ni para la regresión inmediata y voluntaria de lobo a hombre -como sí lo hacía Aharon, Marie y Pierre-. Quizás por el miedo de ser descubierto, quizás la conciencia de ser una bestia, de vislumbrar una pizca de la oscuridad inmersa en Aharon, que no lograba comprender, ni los alcances o sus propósitos; o debido a las palabras que le dijo allá, en las inmediaciones al Ródano; o a todo lo que aprendió de él, pero el caso era que, simplemente desde la capilla de Antoine, no lograba la paz en su interior.

Otra noche más, regresaba Vincent-lobo a su abadía, cuando vio un grupo de loberos rodeándola, vigilando, en busca por supuesto, no necesariamente de él, sino de "la

Bestia de Gévaudan" que atacó a unos niños en las cercanías, dos noches previas. Esa cuadrilla de cazarrecompensas estaba particularmente desconcertada al encontrar sus trampas arruinadas. El cuadrúpedo pensó en ocultarse hasta que tales hombres abandonaran sus posiciones, lo que inclusive, podría ser al alba; no quería que lo descubrieran, ni dejar rastros que los condujeran hacía él, mucho menos, a la parroquia.

- ¿Dónde pernoctar o buscar el sosiego necesario para regresar a su efigie humana?

Logró recordar que, en la proximidad, vivía el viejo Philippe con su hija Luciana, a quien tuvo la oportunidad de conocer en el confesionario. Una joven bella y ciega, de unos veintidós años; perdió la vista en el incendio que consumió -hacía ya diez años- el granero de su familia. El fuego dejó, además, su rúbrica sobre el cutis de la entonces adolescente; pero la consecuencia más dolorosa de aquel infortunio fue la vida de su madre. No fue factible salvarla. Nunca se supo la causa del fuego ni el por qué estaban ellas solas ahí, en medio de la noche.

Habitaban en un terreno que, aunque humilde, estaba constituido por cuatro construcciones rurales y separadas: la vivienda principal, de aspecto rudimentario, el granero restaurado, el establo y un cobertizo en el que guardaban herramientas. Además, contaban con su pequeño sembradío en el que infructuosamente intentaban con albaricoques y melocotones, aunque, dada la pequeña edad de hielo por la que transitaba Europa, la agricultura en la región, fue una actividad severamente golpeada; estas tierras, no eran la excepción.

Vincent razonó que, a esas horas de la noche, seguro que los dos, ya se encontraban dormidos, por lo que intentaría escabullirse allí, donde no estuvieran ellos o sus animales.

Corrió a cuatro patas bajo la tormenta, hasta advertir a lo lejos, la casa del viejo Philippe. Se quedó ahí unos segundos analizándola, en busca de almas noctámbulas, corroborando en efecto, que los únicos dos habitantes humanos dormían y de ser lo suficientemente cauteloso, ni las bestias de granja notarían su presencia, dando por hecho, que el ruido de la precipitación, camuflaría los suyos.

Librando la pequeña cerca de no más de metro y medio que rodeaba el predio, ingresó con sus sentidos lobunos en la mayor alerta posible; notó que ni en el granero o en el cobertizo había mamífero alguno (salvo uno que otro ratón de campo). Se acercó al galerón, pero su puerta estaba cerrada con una gruesa cadena y un viejo candado oxidado, podía haberlos roto, pero de hacerlo, despertaría a algún animal; y luego ¿cómo reponerlos para no dejar huella? Algo llamó su atención hacia el bosque circundante. Eran un par de loberos, parecían analizar el suelo en busca de rastros en el cieno, pronto encontrarían sus pisadas...

- ¡Qué estúpido he sido! por las prisas, olvidé mis pasos que con tanta resolución intenté no llevar a mi propio refugio -pensó el licántropo.

Ya sin meditar más, vio una ventila en el desván del granero, escaló con notoria agilidad el muro y se ocultó. Estando arriba, trató de no hacer sonido alguno. Sigiloso, miró hacia afuera a través de pequeñas rendijas que se formaban en esa pared que, sin años de mantenimiento adecuado, era fácil desmedrar.

Un relámpago que cayó cerca iluminó toda la finca. El estridente trueno que en segundos le siguió, alteró de inmediato a varios animales del establo, a la par que a *Nougat*[36] quien soltó un par de ladridos al interior de la habitación, perturbando el sueño de Luciana. Ninguno de sus allegados supo que la condición de ceguera de Luciana, trajo aparejado que sus otros sentidos se aguzaran más allá de lo normal, por lo que dentro de estas habilidades adquiridas y cada vez más educadas, reconocía personas y animales por su olor, su andar y con poner la suficiente atención en lugares sin ningún ruido, hasta por su respiración; lo que sí se sabía de ella -bueno, al menos quienes verdaderamente la conocían-, era su natural curiosidad, picardía, inteligencia con un dejo de rebeldía. Luciana alcanzó a oír inquietud en el establo, por lo que se arropó lo suficiente para cubrirse de lluvia y frío, hasta encimar, no con poco esfuerzo, su suéter rojo, rotito de las mangas y con capucha, encubriendo con tanta prenda,

---

[36] Nombre del perro mestizo de Luciana. Había llegado solo a la granja y nunca se le despegaba, inclusive dormía en su habitación; le puso ese nombre, en honor a su madre, pues era su dulce favorito; de cariño, a veces le decía "Noug".

la esbeltez que la distinguía; se puso una toalla sobre la cabeza, tomó un paraguas, el palo que hacía las veces de su bastón, dejó su habitación y bajo las escaleras en puntillas para no alertar a su papá -cuyos ronquidos constituían prueba fehaciente de su pesado sueño-; sabía exactamente qué escalones rechinaban de viejos, por lo que los evitaba y los que no, los presionaba con lenta suavidad para no activarlos; las vasijas y pocillos que se llenaban de a poco con las goteras, la orientaban; y fue, junto con *Nougat* (quien por supuesto, no hacía ningún esfuerzo por ocultar sonidos), para tratar de calmar a sus muy queridos animales, sobre todo, a su amado caballo Lolo, negro azabache casi todo él, excepto por sus cuatro patas, en las que parecía traer calcetas blancas que le llegaban a las rodillas.

Ya fuera de la casa, se detuvo un momento en el pórtico, no por el claro ataque de la ventisca que, de golpe, roció su cara, ese sin duda, no fue inesperado; más bien, disfrutaba especialmente del efecto del agua en el ambiente; respiró profundamente, pues el aire ya estaba impregnado con el aroma de la tierra, de los árboles mojados, e inclusive, con el de la madera del pórtico. Al igual que los licántropos, construía su entorno, no basado en meras formas perceptibles al ojo. Extendió su brazo, corroborando en su mano, lo que su cara, oído y nariz ya habían anticipado, la intensidad del aguacero que tampoco le inquietaba; abrió su paraguas y trotó al establo. De repente, *Nougat* quien hasta ese momento andaba apacible a su lado, sin inmutarse por el agua, soltó ladridos avizores y corrió al granero. Luciana identificó hacía dónde se dirigía, tanto por el sonido, como por las zancadas que se alejaban de ella. Fue detrás suyo; conocía a la perfección la distribución de la propiedad, las lomas, declives, lo disparejo del terreno, los charcos que en la tempestad rellenaban los baches diseminados, la ubicación de cada construcción, árbol, piedra, matorrales u obstáculos, por lo que aun si se desviaba, giraba o tropezaba, podía llegar -más por inercia, que por concentración-, al punto deseado.

Nougat entró corriendo al granero, después de que Luciana abriera la puerta y empezó a ladrar hacia la parte de arriba.

- ¿Qué pasa pequeño? ¿Qué pasa Noug, por qué ladras?

Vincent expectante, cual gárgola de Notre-Dame, no estaba oculto, pues sabía que Luciana era invidente, sin embargo, se quedó inmóvil, creyendo que así ella no detectaría su presencia. *Nougat* no paraba de ladrar, alertándola.

- ¿Hay alguien ahí? -preguntó Luciana. No, no lo hizo al tanteo, sino completamente segura de que alguien estaba en el granero. Su agudeza intelectual y auditiva le permitían diferenciar los ladridos de *Nougat*: el que emitía, anunciaba la presencia de un desconocido.

Para intentar distraer a *Nougat* y que ladrara en otras direcciones, Vincent, con la velocidad que caracterizaba a los licántropos, saltó hacia otro lado y luego a otro dos, creyendo que Luciana no alcanzaría a oírlo. Gran error.

Claro que percibió los ligeros sonidos que hacía al pisar la paja, además de que, por los brincos, se esparció el olor a lobo mojado en el granero y el último de sus brincos, lo delató olfativamente ante ella.

- ¿Quién eres? -indagó Luciana, agarrando con fuerza el paraguas y bastón que aún sostenía.

Vincent quedó estupefacto, conteniendo su respiración, pues la postura corporal de ella estaba orientada a él.

- ¿Cómo supo de mi presencia y de mi ubicación? -se cuestionó a sí mismo el híbrido.

Algo en él provocó que la enfocara. Ahora podía *verla*, como lo dijo Aharon, no solo usando sus ojos de humano o de lobo, sino con el conocimiento de que no es la mera forma lo que define por completo nuestra existencia, solo es un atisbo del cómo fluimos en ella.

Percibía a Luciana, en medio del granero, sentía la frecuencia de sus latidos ir en aumento, prueba irrefutable de un poco de miedo; sin embargo, ella no se retraía, al contrario, la manera en que sujetaba el paraguas cerrado, su bastón improvisado, echando ligeramente una pierna atrás, la expresión en su rostro, tratando de captar cualquier ruido, por minúsculo que fuese, como las goteras y su periodicidad; todo, como quien se pone en guardia, dispuesta a reaccionar de inmediato ante la agresión; mostraba una destacada gallardía, confiaba en *Nougat* como primera línea de ataque y defensa. Fluía de ella -inclusive de sus ojos quemados- una energía mayormente blanca, mezclada con azul, púrpura, negro, rojo, naranja y gris en una menor proporción, extendiéndose no sólo a *Nougat* (quien también proyectaba fuera de sí, la suya; ambas estaban ya entrelazadas, interactuaban, se apoyaban recíprocamente; en él, se reflejaba en sus ladridos sin retroceso, retando al intruso), sino también, alcanzando todo rincón de la edificación; Vincent se dio cuenta que había además, una corriente y aura eléctricas, no emanadas en el presente, sino más bien, vestigios de la propia Luciana y de alguien más, de otra mujer, que prevalecieron en tiempo y espacio, iluminándolos con diversos matices. Ningún otro momento, lugar o compañía -salvo por la manada de lobos cerca del Ródano- le habían parecido tan majestuosos y sobrecogedores como Luciana en aquel vetusto y descuidado granero (entendida tal experiencia en un sentido amplio, tan es así que la energía de ella lo alcanzó, cubrió y trascendió en hombre y en lobo). Pudo entonces reafirmar, que cada movimiento de todo ser, aun el más lento e imperceptible, voluntario o no, deja a su paso un halo o estela de variados colores. De ahí que, cuando visitamos lugares de antaño, veremos como eso que ha quedado atrás (si es lo suficientemente intenso o tenemos esa sensibilidad), irradia su efecto en el presente, activando, cerebro, emociones y algo más.

-*Milady*, ruego sinceramente me disculpe, no era mi intención asustarla, estoy aquí arriba, resguardándome de la lluvia torrencial antes de seguir mi camino...

Vincent lo intentó decir con un tono excesivamente gentil (como si con simples palabras, fuera capaz de cubrir, disfrazar o siquiera disimular ese rediseño a licántropo), sin duda, lleno de pena; Luciana percibió la vergüenza, pero sobre ella, un dejo de familiaridad en la voz de su interlocutor, lo que le brindó cierta paz.

-...me sorprendió la noche y la tormenta, y no quise molestar a nadie. Creí que podía irme tan pronto amaneciera; son peligrosos estos caminos para recorrerlos.

-*Nougat*, sosiégate -le dijo Luciana, a la vez que se acercaba para calmarlo y agarrarlo de la desgastada y mugrosa soga que tenía alrededor de su cuello.

Puede usted bajar, le aseguro que no lo morderá. Sólo permita que lo olfatee para que agarre confianza. Es sobreprotector, pero una vez que yo acepto que alguien se me acerque, él también lo hace.

- ¿De verdad? Yo preferiría quedarme acá, pues se le ve muy enojado (no es que le tuviera miedo a *Nougat*, no quería arrimarse y exponerse a que ella descubriera que era una bestia) -respondió Vincent con ese tono de pena del que no lograba desprenderse.

-Descuide, descuide, lo tengo asegurado. No sea cobarde, ¡baje! -dijo Luciana, ya como un mandato.

-Es que... estoy todo mojado y sucio...

- ¡He dicho que baje o subiremos por usted, señor! -ordenó Luciana.

Parecía que lo estaba regañando, situación que causó un poco de gracia y extrañeza en Vicent; aquella muchacha al no ver al *lobishome*,[37] ahora le daba ordenanzas. -Estaría gritando y huyendo de saber qué era… -especuló Vincent. Bajó las escaleras, pero ni bien dio un paso, cuando *Nougat* al verlo a nivel de suelo, gruñó, ladró y de un jalón se le soltó a Luciana corriendo hacia Vincent.

- ¡Quieto Noug, quieto!

Cuando llegó ante aquel imponente licántropo, se detuvo, tensó sus músculos y siguió ladrando, arrugando la nariz, ensanchando sus orificios nasales, levantando los belfos, enseñando sus dientes, con la cola en alto, listo para saltar y acertar siquiera una mordida. Delicadamente, Vincent se puso en cuclillas, intentando estar a su altura, evitando el contacto visual directo; era en todo caso, una mirada suave, no desafiante; extendió su brazo derecho con la zarpa abierta, mostrando las almohadillas semipeludas que sustituyeron su palma y su otra extremidad posterior, bloqueando el ángulo, que formaban sus rodillas, todo con el objetivo de que *Nougat* se acercara a saludarlo, pues no quería agredirlo, ni dominarlo, pero tampoco demostrar sumisión, sino ganárselo. *Nougat* inició, con recelo, a oler su mano (hecha garra en ese momento con enormes uñas corvas), agachó cuerpo, orejas y sin más, agitó su cola, invitándolo al juego, Vincent sin mayor reparo, devolvió la confianza y emoción otorgadas con efusivas caricias y roces.

---

[37] Así se le decía al hombre lobo en Galicia.

-Ya estamos conociéndonos. ¡Qué hermoso animal! Con tanta energía, noble, protector y se ve que da la vida por usted -expresó Vincent-lobo.

-Su nombre es *Nougat*, le gusta que le digan Noug, es gruñoncito, pero amoroso. Usualmente no juega con extraños, se limita a olfatearlos. En su caso, supongo, ayudó el que esté empapado y sucio, he de reconocer que huele a perro mojado; seguro Noug cree que son iguales; aquí traigo casualmente una toalla, si bien algo humedecida, de algo le servirá. Tome, venga, úsela -extendió su brazo para ofrecerla. Vincent se erigió en dos patas y caminó hacia ella, esforzándose por no rozar la madera del suelo con sus garfas. Aquella escena se tornó totalmente inverosímil: la joven ciega, en completa cordialidad, auxiliando a un hombre lobo hecho sopa y dando fe de tal encuentro, el llamado mejor amigo del hombre. ¡Vaya tríada! Y los motores que impulsaron tal convergencia.

- ¿Padre Vincent, es usted?

El licántropo se petrificó otra vez. ¿Cómo pudo reconocerlo? Caviló para sí, Vincent. No podía mentirle, y ya era demasiado tarde para huir de ese encuentro.

- ¿Cómo sabes que soy yo?

Ahora la apenada era ella, se ruborizó de inmediato por la forma impertinente con que le habló, agachó la cabeza y encorvó los hombros.

-Le suplico me disculpe, Padre Vincent. No reconocí su voz. No era mi intención faltarle el respeto al hablarle así, ¡Dios mío! hasta le dije perro mojado.

Vincent sonrió y contestó: No hay nada que perdonar muchacha, todo esto ha sido mi culpa, que sin ninguna consideración les he faltado al respeto a ti y a tu padre al irrumpir en su propiedad.

Pero, ¿cómo has sabido que soy yo? Cuéntame, me tienes intrigado… -insistió Vincent, que no pensaba dejar esa pregunta sin respuesta.

-Son sus pasos los que lo han expuesto. Creo que está descalzo, camina al parecer de puntillas, pero con un tenue arrastre en su pie izquierdo. Noté ese detalle el otro día que lo esperaba en el confesionario -puso cara de extrañeza-. ¿Está usted enfermo? Su voz se oye mmm *pintoresca…* de tonos graves.

-La lluvia y el frío seguramente han hecho ya sus estragos en mi salud -llegó por fin a ella, tomó la toalla e inmediatamente, retrocedió, intentando evitar cualquier contacto físico.

Vincent oyó a los loberos cruzar la valla del inmueble a unos treinta metros del granero. Segundos después, también *Nougat* los escuchó y ladró.

- ¿Qué te pasa, Noug? -cuestionó Luciana.

-Escuché a alguien hija, -fingió no estar al tanto de lo que pasaba, caminó hacia donde podía verlos, pero lejos de Luciana.

Son un par de hombres, cruzaron la cerca. Los he visto en el pueblo, son loberos.

-Ah, sí. Estuvieron por aquí el otro día, intercambiaron algunas palabras con mi padre. ¿Qué hacen a estas horas y con qué derecho pasaron la cerca? Hablemos con ellos -ordenó de nueva cuenta Luciana, a quien se le veía un tanto molesta.

-Hija, me temo que no deberían saber que estoy aquí contigo. ¿Qué pensarían de vernos juntos a estas horas, solos los dos en un granero? No quiero deshonrarte a ti o a tu padre, más de lo que ya he hecho.

-Tiene toda la razón Padre, quédese aquí, que yo me encargo de estos intrusos caza recompensas.

Salió del granero acompañada de *Nougat* y su paraguas en la mano que escasamente le cubría del que ya era un diluvio.

- ¡Buenas noches caballeros! ¿Con qué derecho han allanado la casa de mi padre? ¿Saben que hay gente por aquí que por menos de eso ha muerto? -les inquirió Luciana, con un fuerte tono de voz, tanto por el ruido del agua, como por su notorio enojo ante tal invasión.

Los dos loberos detuvieron su marcha y se quedaron perplejos de que, a pesar de su ceguera, con el manto de la granizada sobre todo el lugar, los hubiera descubierto; pero sin duda, lo que más causó confusión fue que esta joven mujer les hablara así; la habían visto en el pueblo acompañada de su padre y su perro. ¿Qué acaso los residentes de estas tierras son más salvajes que nosotros?, se cuestionó a sí mismo Jean, quien era uno de esos atrapa-lobos, el mismo que meses antes llegó a casa de Aharon. En esta ocasión, lo acompañaba Denis.

-Disculpe la intromisión, *milady*, somos loberos, y hemos seguido el rastro de un raro lobo hasta acá, posiblemente se trate de la Bestia; hay marcas frescas alrededor de su propiedad, por lo que creemos se oculta aquí, y debemos cerciorarnos -le informó el Gargo.

-Dudo que haya algún mal cerca, *Nougat* ya se hubiera dado cuenta -señalándolo a su lado-, es un excelente rastreador y protector.

¿Acaso la Bestia, es un lobo? -preguntó Luciana.

Los loberos mal miraron a *Nougat*, pues su aspecto no era amenazante.

-No estamos seguros de lo que sea o de lo que no. Algunos testigos describen lobos anormalmente grandes; algunos de mis hombres aseguran haber visto lobos erguidos en dos patas; y una joven que sobrevivió a su ataque, habla incluso, de un monstruo con piel de piedra, deforme con rasgos de lobo, enfrentándose a otros lobos con caracteres humanoides. Seguro fueron alucinaciones, pero debemos seguir cualquier pista que conduzca a la Bestia y destruirla.

En todo caso, no debería rondar sola a estas horas de la noche -contestó Jean.

-No estoy sola -señalando una vez más a *Nougat*- y no sabía que requería de permiso alguno para caminar por la casa de mi padre.

La tormenta causó intranquilidad en mis animales, nos dirigíamos hacía el establo hasta que un ruido llamó mi atención en el granero, en el que, después de una breve inspección, concluí que no era más que una corriente azotando la puerta.

En eso, el viejo Philippe salió al pórtico, con una linterna en su mano izquierda y con una pequeña hacha en la derecha. No tenían armas; ambos eran personas que usualmente no buscaban el conflicto, por lo que pensaban que no requerían de ellas. Desde la muerte de su esposa, casi no hablaba con nadie. Era una gran pérdida que no lograban superar. Luciana trataba de encargarse y mantener productiva su pequeña granja vendiendo leche, huevos, lana, y algunos dulces que preparaba en sus ratos libres; en los que, además, disfrutaba que Philippe le leyera en voz alta uno de los pocos libros que tenían o que, sus no tan cercanos vecinos le prestaban.

Jean lo vio de lejos.

-Ah, ahí está su padre, iré a hablar con él. Denis, quédate con la señorita, no queremos que nadie ande solo.

Corrió hasta Philippe, quién a medida que se acercó, pudo reconocerlo, aunque eso realmente no lo tranquilizó. Al llegar al pórtico, sólo el Gargo habló, explicándole sus sospechas y las labores a seguir. Philippe sólo asintió con la cabeza, consintiendo que realizaran una pesquisa en su casa.

Philippe caminó hasta Luciana, pidiéndole… no, más bien, exigiéndole que regresara a la casa con *Nougat*, sin darle mayor explicación. Ellos rastrearían el destino de aquellas pistas que divisaron cerca. Más por no causarle ningún disgusto a su padre que por otra cuestión, Luciana acató la instrucción sin ninguna queja. Creyó que seguramente descubrirían en el granero al Padre Vincent; se quedó detrás de la puerta, dejándola entreabierta, intentando escuchar lo que pasaba fuera de ella, pero el aguacero no se lo permitiría.

Se habían dividido en dos grupos: Jean el más experimentado, solo; en tanto que Philippe, iría junto con Denis quien con cierta experiencia rastreando lobos, recién se había unido a esa compañía de loberos. Fueron estos dos últimos, los encargados de ingresar al granero.

Durante mucho tiempo, Philippe se negaba a entrar a esa construcción. Pese a que tenía años de haber sido restaurada, cada vez que lo hacía, el dolor, la duda y la culpa envolvían todo su ser. De inmediato sus ojos se tornaban cristalinos, lo que representaba un notorio esfuerzo por contener el sentimiento. Casi podía ver, oír, oler y sentir en el presente, las piras de aquella noche que le arrebataron a Élisa, el amor de su vida, su compañera, y lo que marcaría el rostro de Luciana para siempre. En esta ocasión no fue diferente: al atravesar la puerta del granero se detuvo un momento; no estaba oscuro. Las llamas consumían todo, su amada esposa y su pequeña hija pidiendo ayuda y él, impedido, como si sus pies y piernas se sumieran en una espesa sustancia negra y su boca fuera tapada por una macabra mano que, a la vez, lo obligaba a mirar el poder del fuego sobre la fragilidad humana.

—Señor Philippe, ¿está usted bien? —dijo Denis, a la vez que le ponía la mano sobre el hombro.

Despabilándose, regresando al presente, Philippe sólo hizo un ademán en vez de responderle, y ambos ingresaron al granero. Localizaron pequeños charcos donde Luciana, al pararse, dejó que goteara el paraguas cerrado. Una que otra pisada de *Nougat* a punto de secarse, corroborando indiciariamente, la historia que momentos antes narró la muchacha.

¿De Vincent? No había rastro alguno en la planta inferior del granero, pues cuando bajó por instrucciones de Luciana, ya no escurría, estaba mojado sí, pero no a tal grado de dejar una traza, ya se había sacudido varias veces, —como los perros y los lobos lo hacen—, quitándose el exceso de agua en la parte superior del granero, lleno de pacas de paja, por donde se había escabullido, Philippe, al conocer perfectamente la construcción, subió al desván; pero su falta de experiencia rastreando criaturas, y por el hecho de que no hubiera estado ahí desde hacía ya mucho tiempo, no prestó atención a la paja que minutos antes Vincent esparció, intentando cubrir indicio alguno, por lo que la búsqueda de visitas indeseadas y mortales fue infructuosa. Vincent se había marchado cuando Luciana y *Nougat* se metieron a la casa.

Al cabo de un rato, los tres individuos terminaron. Hallaron las pisadas del lobo-Vincent fuera del cobertizo y del granero, en el fango, pero su distribución era un tanto errática, excesivamente separadas unas de otras, como si diera grandes saltos. No tenían sentido, y menos, el que desaparecieran en la pared del granero. Sabían que los lobos no trepan por las paredes, por lo que pensaron que tuvo que regresar al bosque, pero tampoco advirtieron rastros alejándose. Era algún tipo de brujería, seguramente hecha para despistarlos.

-Algo o alguien estuvo aquí señor Philippe. Probablemente, acechando a su hija. Suerte que hemos llegado e interrumpimos sus malignos planes.

Para su protección, y por objeto de esta misión, en las noches siguientes pondremos cepos y otras trampas. Vigilaremos de cerca su casa; si hay algo que la ronde, lo atraparemos y destruiremos. Le sugiero indique a su hija que sin importar el ruido que escuche, no salga de noche, y hago extensiva esa instrucción para usted. No se darán cuenta de nuestra presencia; nos instalaremos en su granero al caer la tarde y por las mañanas nos iremos junto con nuestras trampas. No queremos que alguno de sus animales o algún pobre desafortunado vaya a caer en ellas -le informó Jean.

Philippe, si bien, molesto, pues era evidente que los ocupaban de cebo, no dijo nada, solo hizo una mueca en sentido afirmativo y se retiró a su casa. Pudiesen haber tenido razón en cuanto a que disuadieron los planes de la Bestia, pues él mismo vio impresiones en el lodo, por lo que, la presencia de aquellos visitantes no deseados, traía para su hija y él, cierta protección brindada indirectamente; y tampoco es que estuviera en su inmediatez hacer algo para impedirlo; aquellos loberos estaban ahí por instrucciones directas del Conde de Gévaudan, lo sabía y nadie que conociera y en su sano juicio, los hubiese contradicho.

- ¿Padre, han encontraron algo? -preguntó Luciana, apenas él puso un pie adentro.

-Nada, te dije que fueras a dormir -no quiso decirle lo de las huellas que vieron para no causar sobresalto-. Hija, sé que eres de espíritu impetuoso, pero te ruego que en las siguientes noches, no salgas, ni aun en compañía de *Nougat*; puede ser peligroso. El mal ya nos ha quitado más de lo que podemos soportar. Esos hombres seguirán en búsqueda de la Bestia en los alrededores.

Las palabras de Philippe causaron en Luciana, sentimientos encontrados. Por un lado, alivio de que no hallaran al Padre Vincent, pues como éste le dijo, de hacerlo, traería consigo deshonra para los que ahí habitaban e incluido él, por estar a solas con una doncella; y por otra parte, trasladaron a ella su agobio, pues pese a que Philippe no se lo dijo, por su voz supo que sí habían localizado indicios de algo o alguien. No en vano la solicitud para no abandonar de noche su casa.

-Descuida padre, así lo haré.

El resto de la noche Luciana la pasó en vela. Aquel encuentro con el padre Vincent la dejó bastante inquieta. Su mente era una maraña de interrogantes y conjeturas, unas viables y otras… en realidad no tanto y que se multiplicaban en relación inversamente proporcional, a como la noche y la lluvia decrecían: ¿El padre Vincent seguía oculto o cómo es que no lo habían sorprendido? Para ella, la única entrada al granero, lo era por el frente. Entonces, resultaba indiscutible que encontró un buen escondrijo ¿Qué habían hallado su padre y los loberos? ¿Qué merodeaba su casa? ¿El Padre Vincent dejó señas de su estancia? En todo caso, según intuyó en su encuentro, él estaba descalzo ¿eso fue lo que alertó a su padre y dio origen al toque de queda al que fue sometida? Pero… ¿por qué estaba descalzo y olía a perro mojado? ¿Se habrá molestado porque le dije perro mojado? ¿Desde qué hora estaba ahí y qué hacía caminando de noche? ¿Se estaría ocultando de la Bestia? ¿Será que los loberos, lo perseguían realmente a él? de ser así… ¿Por qué a él? ¿El Padre Vincent me mintió? me dijo que estaba aquí para resguardarse de la lluvia…

Ni bien empezó a oír las primeras aves silvestres despertar -ni siquiera su gallo al que bautizó como "Ricardito", lo había hecho ya- y con poca luz del día, nublado, con neblina y una ligera llovizna, se alistó para ir al granero, acompañada de *Nougat*, verificar si el Padre Vincent se hospedó ahí. Por supuesto, fue infructuosa su búsqueda, por lo que se dio a la tarea de ir cuanto antes a la abadía de Vincent. No tanto para seguir ofreciendo sus disculpas por el maltrato verbal del que ella, era la única responsable -ese sin duda, sólo sería el pretexto-; sino más bien, porque tanta pregunta no podía quedarse sin respuesta. Al menos una de tantas habría de ser atendida. Fue hasta que acabó todas sus tareas diarias que tuvo tiempo de ir a buscar al Padre Vincent.

-No regreses tarde, hija. Noug, cuida de ella -Philippe le dio la bendición y un beso en la mejilla.

-No te apures padre, Noug no se me despega ni un segundo. No tardaremos, te lo prometo. De camino pasaré a regresarle su libro a la Sra. Meyer; espero no me entretenga mucho, ya sabes que no para de hablar.

- ¿Llevas las galletas para la señora? -le preguntó su padre.

-Sí, papá.

Luciana cerraba la pequeña puerta de madera del cerco que rodeaba la casa de Philippe, cuando escuchó alguien en el camino, como a unos diez metros. *Nougat* soltó un ladrido de reconocimiento y corrió hacia el origen de los pasos. Ahí estaba Vincent. De inmediato se pusieron a jugar, perro y hombre.

-Buenas tardes, Noug. ¿Cómo estás? ¿Dónde está tu ama? -le preguntó Vincent a *Nougat*.

Luciana, al oírlo, sonrió de inmediato.

-Noug, no molestes al Padre Vincent -el clérigo caminó hacia ella. Noug alborozado al lado de él, se mostraba indeciso, entre regresar directamente con Luciana o quedarse para continuar retozando.

-Padre Vincent, buenas tardes. ¿Otra vez por estos rumbos? Mi padre ya puso un candado en el granero, me temo que lo de anoche no podremos repetirlo.

Vincent se sonrojó y no logró evitar reír un poco; pareciera que las intenciones de Luciana de ofrecer disculpas por decirle perro mojado se habían esfumado con la simple presencia de él.

-Buenas tardes, señorita Luciana. Y yo que creí que esa picardía tuya quedó atrás en cuanto supiste de mi rango eclesiástico.

-Padre, discúlpeme nuevamente. Mi ceguera a veces conlleva la maldición de que no haya filtro o freno en mi boca, y le hablo a todos por igual.

-No hay nada que excusar, lo prefiero así. De hecho, insto a toda persona que no anteponga mi rango al dirigirse hacia mí.

-No muchas lo hacen y también respeto eso, en tanto se sientan cómodas, no soy quién para limitar el cómo es que la gente se conduce por la vida.

Pero no quiero importunar tu salida. Sólo pasé para dejar esta canasta de fruta, algunos dulces, un par de toallas y un hueso para *Nougat*, por todas las atenciones de ambos y para reponer la toalla que me robé. Ayer ya no hubo oportunidad de agradecerte y devolvértela en mano.

-Padre... no...no... perdón... Vincent, no te hubieras molestado. Hace ya tiempo que no recibía obsequio alguno, no era necesario que vinieras hasta acá y menos que trajeras algo, muchas gracias... ... que casualidad, íbamos a buscarte a la parroquia, me dejaste intrigada. Quise constatar que llegaste bien a tu destino y cómo fue que evadiste a los loberos; y ahora que lo noto, tu voz ha vuelto a ser la misma.

-Bueno, afortunadamente no fui descubierto anoche, es lo que importa -lo dijo Vincent, tratando de evitar cualquier escudriñamiento al respecto, no quería mentir, ni ser descortés-. Entonces, les he ahorrado el viaje y seguro tienes muchas ocupaciones, no es mi intención seguir distrayéndote, será mejor que me retire.

Para Luciana, la respuesta de Vincent fue indicativa de sus intenciones, ya no quería hablar de anoche, tal vez en otro momento intentaría obtener mayor información.

-Pero ¿qué dices Vincent? ya había destinado este tiempo para ti, así que pasa, acompáñame a dejar la canasta en casa y luego a regresar este libro con una vecina, la Sra. Meyer, nos los prestó hace ya unos meses -extendió su mano, buscando la de Vincent. Otra vez aquella joven, le daba órdenes, las detectaba en automático, causándole incomodidad, pero no oposición alguna; tomó su mano, pero solo para colocarla en su antebrazo y caminar a su lado.

-Vamos, sirve que platico largo y tendido con tu padre —contestó Vincent, por supuesto y al igual que la mayoría en el pueblo, sabía que Philippe no era sociable, sino de actitud mohína, normalmente se comunicaba a través de Luciana, por lo que su comentario fue más bien intentando hacer una ligera broma; sin embargo, al momento detectó que no causó el efecto deseado, por lo que, apenado, intentó cambiar el tema- ¿Le gusta mucho leer a Philippe?

-Lo hace sólo por mí y la verdad es que le pido que lo haga con intenciones ocultas:

Verás Vincent, mamá siempre me leía algo antes de dormir, por lo que lo último que escuchaba en el día, eran todas esas historias. Esa tinta derramada por desconocidos o reconocidos escritores en un sinnúmero de letras -cual pintura sobre lienzo-, enmarcadas en tiempo y espacio; y con ello, encapsulando el imaginativo, que sólo un alma curiosa dará libertad.

En mi caso, la luz y la melodía del ser que más amo, eran la vía para despabilarlas y reconstruirlas en la intangible e infinita imaginación de una chiquilla… no, ya no soy esa niña, pero de cierto modo, mantengo vivo el recuerdo y deseo de mamá; ahora corresponde a mi padre buscar y ejercer ese poder; además, como sabrás, o tal vez no, desde la muerte de mamá, papá languideció, es huraño, no suele hablar más que lo estrictamente indispensable, por lo que no quiero que olvide lo importante que es, aunque sea para mí, el oírlo; que sepa que amo su voz.

¿Sabes? muchas personas encuentran paz en el silencio. Yo puedo hallarla en las palabras de papá, las que sean, ni siquiera es relevante si está leyendo una novela de amor o las aventuras de Don Quijote. Y bueno, ya que no puedo ver, se podría decir que soy como aquella chiquilla, idealizando los mundos inmersos en todas esas narrativas.

¿Y a ti Vincent, te gusta leer algo más que la Biblia?

¿Pero quién era esta joven, a la que no se le puede quitar la sonrisa de la cara y que anoche le decía perro mojado? Hoy le sigue dando órdenes, y al parecer, traslada natural y conscientemente su energía y composición hacía su alrededor. Podía sentirla, sus corazones latían ligeramente más rápido en la proximidad.

-Sin duda prefiero la Biblia. De vez en cuando leo sobre historia, y me temo que en las novelas no he puesto mucha atención.

Llegaron por fin a la casa. Philippe preparaba la cena; de entre ellos dos, no era el mejor cocinero, pero cada uno ya tenía sus días asignados para guisar: domingo, lunes, miércoles y viernes, eran su turno; martes, jueves y sábados, de Luciana. Al entrar, se percibía esa calidez, proveniente de su modesta cocina junto con el olor de verduras con especias siendo cocidas que a su vez se combinaba con el de unos pescados fríos en la mesa. Noug corrió y se paró en dos patas sobre ella, desorbitando los ojos, olfateando y saboreándoselos, moviendo inquietamente su cola, pero no lograba alcanzarlos al estar al centro de tal mueble y el perro no contaba con la suficiente longitud y altura.

- ¡Noug, bájate! Estate quieto -no es que Luciana lo haya visto intentando hacer la travesura, sino por conocimiento de su conducta y los ruidos de sus uñas al roce con el suelo y mueble de madera-. Regresamos, padre. Mira a quien nos hemos topado en el camino, a Vincent.

Philippe, quien hasta ese momento estaba de espaldas volteó, vio al Clérigo, frunció el ceño y tiernamente regañando la aparente impertinencia de su hija:

- ¡Luciana! Pero que falta de respeto jovencita ¡No te he educado así! ¡Es el Padre Vincent, no Vincent! -Luciana puso cara de apenada, pero en realidad no lo estaba.

-Buenas tardes, Philippe. No pasa nada, soy yo el que ha insistido en que no ponga rangos eclesiásticos previos a mi nombre, si todos somos idénticos ante los ojos de Dios; seámoslo con mayor razón entre nosotros.

-Ya ves padre, no regañes a esta hija tuya, sólo obedezco a un hombre de Dios que así me ha autorizado a nombrarlo.

-Buenas tardes, Padre. Pase, tome asiento en esta su humilde casa. ¿Le puedo ofrecer algo de comer o de beber? No tenemos mucho, pero de corazón le servimos -dijo Philippe.

-No, muchas gracias, no quiero causar molestia alguna. Vine a dejar esta ofrenda. No sé si Luciana te comentó, pero en otra ocasión, nos encontramos y yo estaba un tanto perdido, requiriendo de auxilio y tu hija cortésmente me sacó del apuro, por lo que no quise dejar pasar desapercibido tal gesto.

-No, no me comento lo que pasó ¿Cuándo fue eso? -interrogó Philippe.

-Papá, ya te contaré luego, venimos a dejar la canasta, pero vamos ya a casa de la Sra. Meyer, no queremos que se haga más tarde -interrumpió Luciana.

-Padre -insistió Philippe-, permítame invitarle a comer el día que usted quiera y ofrecer la atención que se merece.

-No es necesario -contestó el cura.

-Insisto -repitió Philippe.

-Está bien, el domingo que los vea después de misa, nos ponemos de acuerdo; me dio gusto saludarlo y si no tiene inconveniente, acompañaré a Luciana a dejar el libro y la regresaré en un santiamén a su casa sana y salva -respondió el religioso.

-Le agradezco Padre, me da tranquilidad que mi hija no ande sola por el bosque. La noche de ayer anduvieron esos loberos por aquí, nos impusieron una especie de toque de queda, amenazaron con montar guardia en los alrededores, pero prefiero no arriesgarnos.

-Me enteré de ello. Pierde cuidado, traeré de vuelta a Luciana y a Noug.

-Que les vaya bien -volvió a besar la mejilla de Luciana y a darle la bendición.

Los tres abandonaron la casa. Parecían chiquillos que han obtenido el permiso de sus padres de salir a pasear, así se sentían.

-No creí que fueras a decir lo de la cesta -le inquirió Luciana.

-No dije mucho, sólo la verdad: me socorrieron, les agradezco y así lo demuestro -aclaró Vincent.

-Pero ahora me cuestionará mi padre sobre más detalles y me veré forzada a mentirle. No podría decirle la verdad -afirmó Luciana.

-Con lo poco que he visto de ti, puedo aseverar que con tu ingenio saldrás avante de la situación, sin necesidad de recurrir a mentiras o verdades. Confío en que harás lo mejor para los dos -replicó Vincent.

Ambos sonrieron. Eran cómplices en hechos completamente inocuos -olvidando desde luego, al feroz licántropo en la escena- y sólo Noug era el testigo presencial que no delataría a nadie.

Caminaron alrededor de diez minutos por el bosque, hasta llegar la casa de la Sra. Meyer. Dejaron a Noug echado en la puerta, pues ahí vivían al menos, seis gatos. Entraron, pero no pudieron salir con prontitud, pues tuvieron que escuchar un monólogo de aquella mujer, que vivía sola y era casi imposible de interrumpir. Cada uno de los felinos, al ver a Vincent, se erizó y le rugieron enseñando los colmillos. Éste decidió ignorarlos, aunque de reojo los vigilaba. Al poco tiempo, todos ya restregaban su cuerpo en él. Uno incluso se echó sobre sus piernas a pesar de la condición de licantropía que ocultaba.

Por fin, después de una hora, lograron salir. Despertaron a Noug y emprendieron el regreso a casa de Philippe.

-Dime, Vincent ¿cuál es tu parte favorita de la Biblia? -le cuestionó Luciana.

-No hay solo una en especial, pero hay tres versículos, que siempre me han invitado a la reflexión y que en mi particular punto de vista se encuentran estrechamente vinculados:

"El hombre bueno, del buen tesoro de su corazón saca cosas buenas, y el malo saca cosas malas de su mal tesoro, pues de la abundancia del corazón habla la lengua." (Lucas 6:45);

"Guarda tu corazón con toda vigilancia, porque de él mana la vida." (Proverbios 4:23); y

"Donde esta tu tesoro, allí estará tu corazón." (Mateo 6:21).

En mi percepción, hay una serie de temas subyacentes, todos gravitando sobre la relevancia del "corazón". Aunque primero, hagamos una aclaración: no es del todo literal, como debe hacerse la exégesis de la Biblia. Acercarse a la palabra escrita de Dios no debiera ser un ejercicio dotado de rigidez, sino que será la apertura del espíritu -sin olvidar los límites humanos-, lo que le dará cierta claridad; por lo que, en mi conocimiento, la palabra "corazón" no necesaria, ni únicamente se refiere a esa parte física que todos identificamos y nombramos así.

Siguiendo esa lógica, lo que creo que pudiésemos entender, es el "lugar" -sin que sea relevante el nombre del órgano u órganos-, donde Dios eligió depositar y permitir que infinidad de seres cultiven algo de lo más sagrado: luz, vida, amor, fuerza, debilidad, miedo, voluntad. Algunos están destinados a encontrarlo, muchos hallarán y procurarán naturalmente las semillas en él inmersas; otros, no sabrán siquiera de su existencia. Unos más, ni las buscarán; habrá aquellos que, conociendo de su existencia, mirarán, pero pretenderán encontrarlas en cualquier superficie, pobres; y por supuesto, también hay quienes, intencionalmente o no, contaminarán, quebrantarán, apagarán su contenido, o al menos... lo intentarán.

Pero, vayamos por partes. Desde una perspectiva *subjetiva* -esto es, no sólo involucrando al órgano, órganos o sistemas involucrados vistos de manera aislada, sino *"relacionándolo/s"* con el sujeto que lo/s porta-, los versículos que comento:

> ➤ Hablan de la funcionalidad de esa "parte". Capaz de albergar algo y ser génesis de vida;
> ➤ De su contenido. Las cualidades que aloja (virtudes, vicios o sin calificativo) y su valía; y
> ➤ Lo relativo al uso. Voluntad y poder para guardar, conservar, desarrollar y sacar lo ahí depositado.

Como corolario a lo anterior, pero desde un plano *objetivo*, se incluyen desde luego, los "objetos involucrados", donde me resulta interesante cómo lo incorpóreo (de esas cualidades) interactúa con lo palpable (corazón, cerebro, extremidades, sistemas, ese "lugar") afectando interiores y exteriores. Cuán ingeniosa debió ser la creación para tal funcionamiento ¿Existirían esas cualidades sin "eso" que les da alojamiento, réplica y les sirve de tierra fértil? ¿Qué pasa con ese o esos receptáculos si nada se les introduce, ni se les cultiva?

¿Sabes? Para ciertas culturas antiguas, el corazón tenía una peculiar relevancia; los egipcios, por ejemplo, creían que era el órgano central de la vida, de las emociones y la inteligencia, incluso, en la momificación lo dejaban en el cuerpo, pues afirmaban que así, se garantizaba continuidad en el más allá. Los griegos, por su parte, alegaban que en él residía la pasión y emoción, en tanto que la razón y la lógica, lo hacían en el cerebro.

No me preguntes cómo, pero lo que sí sé del corazón, es que sus latidos -y no sólo me refiero al sonido producido, sino también a través de su movimiento, esto es, de sus vibraciones- coadyuvan al sistema nervioso para comunicar estos "atributos" a todo nuestro ser y no sólo a éste, sino por la gracia de Dios, también más allá. Por ejemplo, cuando acaricias a Noug, quieras o no, tu mano será el medio con el que transfieres el amor que reposa en ti hacia él. Y lo mismo hace él, inclusive su pelaje, no sólo será el receptor, sino que también arrastra fuera de sí lo que lleva en él y, por tanto, lo que es. Recuérdalo cada vez que se restriega en ti, como recién lo hizo cuando salimos de la cabaña de la Sra. Meyer.

¿Te das cuenta como tal tesoro no fue ocultado, limitado o vedado? Al contrario, fue depositado en cada uno de los seres, para su descubrimiento, labranza, perfeccionamiento y transferencia. Aunque a veces, el problema, como anticipa Lucas, es que no sólo contamos con virtudes; también hay semillas de aquello a lo que atribuimos el calificativo de "maligno" o vicios. Por ende, éstas también pueden ser halladas, cultivadas, desarrolladas y transmitidas.

- ¿Y qué hay del dolor Vincent, también está alojado en alguna parte de nosotros? -le consultó Luciana.

- Si lo está, y sé por qué preguntas. Si me permites la sinceridad, la muerte de tu madre ha marcado tu existencia y la de tu padre; es ahí donde, según veo, interviene tu albedrío.

Mira lo que has venido haciendo:

Tienes dolor. Hay para quiénes eso les resulta nocivo y de a poco los consume. Pero no, tú no eres de ellos. Además, no es lo único en ti, y mucho menos aquello que te defina.

Tu madre en vida encontró el amor maternal dentro de sí, lo cultivo y día con día, te lo transmitía. Ya sea que lo quisiera o no, sus actos eran reflejo de ello. Con su lamentable muerte, llegó la tristeza, pero dejó detrás suyo todo sentimiento con que estuvo alimentando tu corazón[38]. No desapareció simplemente con su cuerpo; se entrelazó y ahora es parte de ti. ¿Qué has hecho con él?

Lo sigues ocupando para acrecentar tu amor propio y que, con clara intención, lo permeas a Philippe, mitigando el sufrimiento que lo invade.

Entonces, contestando a tu pregunta, sí, hay dolor, pero en ti no es una toxina. También en ti hay virtudes que has labrado con el objetivo o no, de transmitirlas, porque seguro sabes que incluso, hasta en aquellas acciones que realizamos por inercia, movemos hacia el exterior eso que somos; o me dirás que cuando Philippe te dio un beso en la mejilla y te bendijo, ¿son actos desprendidos de amor? No lo son; hasta en la llamada de atención por no decir mi rango eclesiástico, pude ver el bello sentimiento con que reviste su conducta hacia ti ¿y la tuya hacia él? Con esas lecturas que le solicitas, estoy completamente seguro que riegas lo que atesora en su corazón.

Pues esa, es una de mis partes favoritas de la Biblia, aquella que habla tanto del lugar que yace dentro de

---

[38] Dicho en ese sentido no literal, sólo es una referencia de un lugar en nosotros capaz de albergar, desarrollar y transmitir emociones, continuando con la narrativa de los versículos.

nosotros, que resulta ser tierra fértil para toda semilla que Dios decidió esparcir; como del tesoro bueno, malo o de naturaleza diversa, que esas representan y dentro de ellas, la voluntad y el poder para encontrarlas, cultivarlas y conservar o llevar los frutos hacia el exterior.

Tal desarrollo, me ha llevado a la siguiente reflexión:

Sin importar que profeses religión o no, tienes voluntad, poder, virtudes y vicios o simplemente, llámalos atributos.

¿Qué hacemos con el tesoro que la naturaleza, la suerte o algún Dios nos ha dado?...

Por fin llegaron a la valla de su casa que colindaba con el camino de terracería.

-Bueno hija, henos aquí, sanos y salvos -le dijo Vincent.

-Vincent, estoy a punto de enojarme contigo, siento que esas formalidades ya las hemos superado; puedes decirme Luciana, como lo hacen todos, bueno mamá prefería Lucianita o Lu; más aún si consideramos que estamos hablando como amigos y no en una relación de sacerdote-feligrés.

¿Por qué no pasas a despedirte de papá? Seguro le alegrará que me hayas traído mucho antes del anochecer.

-*Señorita Luciana* -ambos sonrieron-, preferiría no seguir acumulando en mi haber más molestias y no querrás que me vuelva agarrar la noche en estos peligrosos caminos, ya no podría refugiarme en tu granero para que me llames *perro mojado* -carcajearon a la par-, pero te acompaño hasta la puerta de tu casa; espero contar con tu presencia en misa.

- ¿Hasta el domingo volveremos a hablar?

-Es pasado mañana, no falta tanto -contestó Vincent.

Sin cruzar palabra, atravesaron el terreno accidentado y algo descuidado que hacía las veces de jardín entre la cerca y su pequeña casa. Se despidieron.

De regreso a su parroquia, Vincent se encontró con un trío de los loberos de Jean. Llevaban en sus manos algunas trampas y los acompañaban dos de sus perros; uno era de raza *Grand Bleu de Gascon* y el otro, un Dogo de Burdeos, atados con anchas cadenas y collares con púas, quienes, al mirarlo, se inquietaron de inmediato, ladrándole en posición de ataque, arrugando el hocico y mostrando sus dientes.

-Buenas tardes, Padre Vincent; no se asuste, los tenemos bien sujetos, no le harán daño.

Vincent se acercó lentamente a ellos, se agachó a su nivel extendiéndoles sus manos abiertas, invitándoles a que ellos concluyeran el contacto. Los canes cambiaron de agresivos a emotivos y juguetones; los empezó a acariciar, usando un tono suave en su lenguaje. Esos cazadores normalmente no permitían que alguien jugueteara con sus animales, pero ninguno de ellos quiso contrariar la conducta de Vincent, era alguien al que la mayoría respetaba y más bien, estaban sorprendidos ya que por el "entrenamiento" de los perros, no solían ser amistosos.

-Buenas tardes, que hermosos perros ¿cómo van en su búsqueda de la Bestia? -les preguntó el párroco.

-Pues hemos cazado varios lobos, pero ninguno de ellos concuerda con las descripciones de la bestia -contestaron los loberos.

-Entonces caballeros, ¿no deberían cambiar de estrategia? llevan varios meses y ninguno de los que caen en esas trampas, según acaban de confesar, es a quien buscan ¿por qué seguir un camino, que en repetidas ocasiones les ha mostrado que no es el correcto para llegar a dónde quieren? ¿es necedad, falta de capacidad o de imaginación?

-No se ofenda Padre, pero nosotros no le decimos cómo hacer su trabajo -respondieron bruscamente los loberos.

Vincent se levantó y lo miró, no retándolo, ni siendo sumiso, sino con la afabilidad sincera que lo caracterizaba, aun y cuando tenía claro que el lobero se molestó. La pretensión del religioso no era menospreciarlo o crear conflicto, sino que aquel hombre se cuestionara los métodos utilizados y que sin consideración o respeto alguno, acarreaban destrucción a una especie que nada tenía que ver; pero también, con el conocimiento de que muchas personas se sienten agraviadas cuando su proceder, es enfrentado con la realidad a través de interrogantes, o cuando su endeble autoestima y seguridad se quiebra con el simple roce, activando la agresión cómo único método de salida a un conflicto que en ocasiones, sólo existe en su mente.

-No te preocupes, no me ofendo, al contrario, te ofrezco disculpas si es que mis dudas o el cómo las he expresado te han perturbado; más bien mis preguntas sólo son con el afán de platicar y conocer un poco de lo que hacen, pues si ustedes están acá, es claro que fueron contratados por su gran pericia, por lo que, si me lo permites, replanteo mi cuestionamiento: aparte de esas trampas que ponen, ¿cómo han tenido que modificar sus estrategias de cacería para un animal esquivo?

No obtuvo una respuesta sincera. Ni siquiera la había, lo único que hacían, era multiplicar una solución, a un problema donde no encuadraba, pero no modificaron en forma alguna la manera de rastrear y cazar, es decir, aplicaban la cacería del lobo, para intentar aniquilar a la Bestia por los supuestos rasgos similares que guardaban entre sí.

-Pues no sólo ponemos trampas y seguimos sus posibles rastros, hemos organizado batidas en el día y acabado con madrigueras y jaurías de lobos; pero en las mañanas hemos encontrado varias de nuestras trampas inutilizadas. Antes poníamos veneno en estanques; ya nos lo prohibieron, hubo una serie de quejas por ganado muerto.

Esa plática ya era completamente estéril. La idea de cazar lobos, para matar algo diferente, fue un razonamiento sembrado en ellos por alguien más, por lo que sólo cumplían órdenes. No tenían intención de poner en tela de juicio lo dicho por su capitán; sus acciones tenían como finalidad hacer méritos y obtener un pago, de ahí que, cualquier indicio de contrariar las bases, atentaban directamente aquella voluntad material y mediocre. Para qué seguir gastando saliva en alguien que se limita acatar órdenes, las que sean la lógica, "maldad", "bondad", moral o siquiera reflexión en ellas, no son requisitos *sine qua non*, pues la importancia de sus actos se origina, enfoca y justifica, con la recompensa.

-No los entretengo más, deseo que pronto tengan éxito y que Dios los cuide.

-Gracias Padre, buen camino.

******

Llegó entonces el domingo. Al salir de misa, Luciana, Philippe y *Nougat* se reunieron con Vincent en el atrio de la capilla. Acordaron el siguiente martes, para comer en casa de Philippe. Después de interrogar a Vincent sobre sus preferencias culinarias, Luciana quiso adelantarse sola al dispensario del pueblo a vender una paca de lana y comprar unos víveres, en tanto que su papá y su amado perro, la esperarían en la plaza central.

-Señorita Luciana, no sé si pueda comprarle tanta lana. La economía por estos rumbos no ha sido buena; el clima destruyó varias cosechas, y vamos de mal en peor, cada vez menos gente quiere venir por acá, tal vez en un par de meses mejore, o si Dios quiere, antes, cuando hayan capturado a la Bestia -contestó el tendero Gastón a la oferta de Luciana.

-Mmm, entiendo. Pero, quizás le sea factible darme crédito a cambio señor Gastón, o un trueque, necesitamos algunas provisiones de su tienda -negoció Luciana.

-Está bien muchacha, pero si las cosas no se corrigen pronto, estos intercambios no serán opción; dime ¿qué necesitas? -aceptó el comerciante.

-Aquí traigo una lista que mi papá hizo, tómela por favor -la sacó de entre su vestido y estiró su mano.

Mientras el minorista buscaba presuroso satisfacer lo que podía de aquella lista, la campanilla que chocaba con el abrir de la puerta rechinante del dispensario sonó; un hombre de cuarenta años (de talante tosco, casi dos metros de altura, fornido, mal encarado, pero pulcro, vestido refinada y completamente de negro, salvo por su camisa blanca impoluta, los hilos y botones de oro en su chaleco y casaca y las plumas moradas de su chambergo, cuya pronunciada ala daba un aspecto aún más sombrío a su rostro; dos enormes anillos de oro con diamantes incrustados alrededor, adornaban majestuosamente su meñique y anular de la mano izquierda), fue la causa; la detuvo cediendo servilmente el paso a su acompañante, una mujer hermosa, la Duquesa Astrid, de ojos verdes, cutis apiñonada, cabello largo negro, con bucles y recogido con un listo de seda carmesí. De *apariencia joven*, se podría decir que exactamente de la misma edad que Luciana, es decir, de unos veintidós años, portaba un vestido confeccionado en satén morado, mangas de farol, brocado en blanco e hilos de plata, de motivos y patrones naturales, intrincados, de curvas y espirales gráciles, con falda amplia y escote en "v", no tan recatado, aunque sin perder el toque de elegancia. Su corsé negro realzaba su sensualidad y femineidad; llevaba además como accesorios, collar y pendientes hechos de perlas. La cubría del frío una capa negra de piel sujeta con un broche de oro barrocamente estilizado, con una esmeralda enorme incrustada en el centro y cinco de menor tamaño alrededor. Aportaba una sofisticación y extravagancia que rara vez se veía en el pueblo; esa excentricidad no lograba disfrazar del todo, el aspecto general de ella, siempre lóbrego; no obstante tal semblante, magnética o mágicamente atraía para sí, ojos deseosos, incontables pretendientes, fueran mujeres u hombres. Se sabía muy poco de ella. No era muy sociable y vivía sola. Se creía que había heredado una gran fortuna, tenía una serie de propiedades en un sinnúmero de regiones, dentro de las cuales, y donde pasaba la mayor parte de su tiempo, un hermoso palacete de estilo renacentista en Auvernia, en las proximidades a la parroquia de La Besseyre-Saint-Mary, de jardines amplios, pero marchitos, descuidados, con muy poco personal que la atendiera. Hablaba perfecto inglés y francés; un buen oído, captaba en tales idiomas, el acento forzado, intentando cubrir otro -quizás el nativo-. Con amantes ocasionales de la alta aristocracia, no mayores a cuarenta años, quienes después de corto tiempo de relación, le donaban gustosa, intencional y secretamente, la mayoría -sino es que todas-, sus riquezas, acrecentando así, la propia.

-Buenas tardes -le dijo aquel hombre a Gastón, ubicándose a un costado de Luciana; y sin esperar respuesta de él o reacción de ella, dejó caer sobre el mostrador un papel que incluía una lista de diversos productos.

Llevamos prisa -aquella afirmación incluía un dejo de soberbia.

-Buenas tardes -contestó Luciana sabiendo que el saludo no le fue dirigido, percibiendo que la intención de aquellos dos nuevos clientes, era que Gastón dejara lo que estuviera haciendo y les atendiera-, espero que tu tiempo no valga más que el mío ¿o sí? -preguntó sin mesura.

- ¿Qué dijiste? -replicó aquel hombre a la vez que miró a Luciana con desdén y agresividad.

-Ah, entonces no sólo careces de modales, sino también eres sordo -contestó ella, sin que la notoria descortesía de aquel desconocido la inmutara y le arrebatara la sonrisa honesta que la distinguía.

A punto de que la prepotencia de aquel encolerizado individuo fuera liberada, lo detuvo la Duquesa, poniendo una mano sobre su hombro y le ordenó con voz dulce, pero firme:

- ¡Detente! -Acto seguido, hizo un ademán arrogante, arqueando la ceja, fingiendo una sonrisa a Gastón y a Luciana, a quien analizó de abajo hacia arriba y de regreso, viendo sus zapatos desgastados, su vestido azul, limpio, pero viejo y desteñido, el delantal y la mantelina con algunos agujeros remendados, su cabello castaño completamente recogido apenas con un lazo, sus manos y dedos encallados, cenizos, con uñas cortas y rastros de tierra, una que otra cortada y magulladura en sus antebrazos, evidencia todo ello, de sus actividades diarias en la granja de su padre; sin embargo, perfectamente erguida, no forzada, ni tensa, sino todo lo opuesto, naturalmente y a pesar de las cicatrices por las quemaduras en la cara, dejaban entrever, lo agraciada que era, como la que más-. Buen día, les ruego disculpen a este lacayo, al que las mejores vestimentas o recompensas, no lo educan, pues sigue pareciendo un bárbaro iletrado y aunque su patética existencia consiste en servirme, no siempre lo logra de la mejor manera posible o de alguna que siquiera me represente -aquel hombre agachó la cabeza y la mirada, no dijo nada, dio un paso al costado de la mujer; ella miró a Gastón. Por favor, atienda a la doncella, nosotros esperaremos -volteó aquella refinada fémina con Luciana.

Soy la Duquesa Astrid ¿cuál es tu nombre, jovencita?

-Mucho gusto Duquesa, me llamo Luciana, no fue mi intención causar alboroto -ni su conducta, ni su lenguaje corporal, eran de vergüenza o sumisión, no había falta cometida.

-Ah, la "luz de Dios" … eso significa tu nombre o, ¿estoy en un error? -preguntó la Duquesa.

-Mi mamá me dijo que es "mujer que nació en el amanecer".

-Luciana, si me lo permites, cubriré los gastos de tu compra. Es mi deseo compensarte por el oprobio.

-No, no, de ninguna manera; la conducta de tu acompañante no causó un daño que amerite senda reparación, sólo una ligera alineación. Seguir hablando de ella, es atribuirle un efecto que nunca tuvo. Mejor dime, ¿qué es ese aroma que proyectas? Es exquisito.

A su aristócrata oyente, le desconcertó tal actitud, primero rebelde y luego grosera al dirigirse a ella como su igual, no con la reverencia y solemnidad con que se le hablaba a la nobleza, además, ¿siendo esquiva?

-Es un perfume, lo mandé hacer en la ciudad de Grasse. ¿Qué distingues de él?

-Mmm, es floral... fresco... identifico en esencia, cuatro cosas: me atrevo a afirmar que la más profunda y dominante, es la flor de jazmín; luego percibo otras dos esencias, ambas, diría que de carácter dulce, que no empalagosas; me parece que una, proviene de esas florecitas a las que llamo campanitas aterciopeladas y que en cada racimo hay muchas, desconozco cuál sea su nombre. -Volvió a aspirar-. La otra esencia parecer tener una especie de complicidad odorífera con esas campanillas, para que juntas, suavicen la intensidad del jazmín, a la par que envuelven y reconfortan en un suave, pero a la vez, inquieto susurro de primavera; debo reconocer que esta tercera, no la conocía hasta hoy; por último, en un grado ínfimo, detecto una pizca terrosa, tampoco sé su procedencia. ¡La composición en su conjunto es maravillosa!

Luciana no lo dijo, pero notó que esta pomposa fragancia se encimó en otro olor independiente, lo suficiente como para disfrazarlo, pero no para eliminarlo con éxito.

-¡Qué buen olfato, muchacha! Tienes razón, hay tres ingredientes principales: como bien afirmas, la flor de jazmín; notas de vainilla... una planta exótica y costosa, traída a mi encargo desde América; esas flores en forma de campanas que ya conoces, se llaman lirios del valle; y, por último, el toque terroso, es infusionado de una planta llamada sándalo, proveniente de la India, por supuesto, su compra sólo es bajo suntuoso pedido.

¿Tú usas algún perfume? -la actitud hacía Luciana era displicente, estaba irritada por tener que hablar, y más aún, dirigirse a ella, pero trataba de disimular, a la vez de hacerla menos.

-No, mis recursos no me lo permiten. Aunque suponiendo que quisiera, mis labores diarias no son las más glamurosas, por lo que sería innecesario su uso, por tanto, un desperdicio; además, el olfato de algunos de mis animales es de lo más sensible, su percepción podría resultar en una experiencia abrumadora e inclusive, desagradable.

-Son solo animales, ¿a quién le importa lo que pudieran sentir? -indagó la Duquesa.

-Bueno, como afirmas, en tanto puedan sentir, a mí sí me importa -respondió Luciana.

-Ah, entonces ¿vives en una granja? —Astrid seguía con ese tono engreído.

-Así es, lo dices como si fuera un pesar o algo de lo que una debiera avergonzarse -contestó Luciana, risueña e incólume frente a su elegante interlocutora.

-Pues para mí no sería motivo de orgullo.

-Y para mí, la tierra en la que trabajo, la casa que habito o lo que adorne mi persona son materialidades que no estructuran, ni son base o conforman el ser que soy o el cómo me conduzco, en todo caso, podrían ser meros instrumentos o herramientas para una finalidad… sólo medios, nunca metas; entonces, así como a ti no te importa un animal capaz de sentir, a mí los objetos inanimados, su tenencia, carencia y acumulación, no inciden sustancialmente en mi vida a tal grado que configuren sentimientos de orgullo o decepción y menos aún, sustituyan o se confundan con quien soy -replicó Luciana.

Cuanto más argumentaba Luciana, incrementaba el desagrado de la elegante joven, hacia ella.

-Duquesa, ruego me excuse y lamento interrumpir, pero no quiero retrasarla más -afirmó el mercader con una voz tímida, cómo si no quisiera ser visto.

Aquí tiene su pedido señorita Luciana, lo único que no puedo surtirle fue tanta almendra, apenas reuní un puñado y las manzanas se terminaron ayer.

-Está bien, no se preocupe señor Gastón, nos adaptaremos -el comerciante le acercó la canasta con un pequeño cascabel atado al mango para que la tomara.

-Me tengo que ir Duquesa, está esperando mi padre, se mortifica si tardo más de lo usual; fue un placer conocerte -contestó con sinceridad Luciana.

- ¿Quién es tu padre? -interrogó la aristócrata.

-Philippe Bonnet -Astrid sonrió maliciosamente, desde que vio las cicatrices por quemaduras en su rostro, intuyó quién era, ahora estaba segura y pensó: es claro que esta familia no ha tenido suficiente dolor. Ya deberían saber su lugar: les corresponde agachar la cabeza ante un ser superior. No dejaré pasar la vergüenza que esta simple plebeya me ha hecho pasar, en esta vida o en la otra, aprenderá quien necesita de una "ligera" alineación.

-Deja que mi sirviente ayude con esa canasta tuya -le ofreció hipócritamente la Duquesa y puso tenuemente su mano izquierda sobre el hombro de Luciana (previa y discretamente se había quitado el guante de piel que la envolvía, ademán que no pasó desapercibido por la sensible nariz de la joven campesina, pues el accesorio también fue perfumado y al desenguantarse, liberó sus olores amaderados y cítricos).

-No hace falta, yo puedo con ella, gracias, hasta luego -contestó Luciana, a la vez que la cargaba no con tanto esfuerzo y salió del dispensario.

VII. LUZ EN EL AGUA.

Cada uno da lo que le sale del corazón y cada
uno recibe con el corazón que tiene.
(**Oscar Wilde**)

Ese martes, terminaron de comer Luciana, Philippe, *Nougat* y Vincent, quien ayudó -aunque en franca oposición de sus anfitriones, en la tarea de lavar y secar trastes.

- ¿Me acompañas al arroyo[39], Vincent? -le cuestionó Luciana.

-Por supuesto -afirmó el clérigo.

-Antes tengo que pasar al establo y verificar que hayan comido mis animales, Rosenda estaba medio enferma en la mañana, luego se anda comiendo las semillas de Ricardito- comentó la muchacha.

- ¿Quiénes son Rosenda y Ricardito? -preguntó Vincent.

-Mi vaca y mi gallo, vamos para que los conozcas.

Llegaron, pero Vincent no quiso entrar, sabía que desde que fue mordido por Aharon, causaba intranquilidad en cualquier animal estuviese o no domesticado. No se le

---

[39] Se refería al río "La Colagne", afluente del Lot.

173

ocurrió ningún pretexto y nunca fue bueno mintiendo, ni lo quería hacer.

-Te espero acá afuera, suelen incomodarse las bestias ante mi presencia.

- ¿A qué te refieres?

- ¿Recuerdas la noche que nos conocimos? Noug al inicio se alteró y ¿qué me dices de todos los gatos de la señora Meyer? Ni bien entré a su casa y ya querían arremeter sobre mí.

-Ah, tienes razón; pero seguro fue porque son territoriales y bueno, Noug no te conocía, es su deber protegerme -afirmó Luciana.

-Entonces, aquí te espero -insistió él, con un poco más de firmeza en su voz.

- ¡Vincent! -tomó su brazo sabiendo exactamente dónde estaba parado y lo jaló hacía el establo.

Cuando entraron, Rosenda estaba rumeando y de Ricardito ni seña alguna, ya estaba dormido seguramente. Algo alertó a Lolo, su caballo viejo, vio al religioso, dilató sus pupilas, retrocedió en su pequeña caballeriza, relinchó, se mostraba rampante, lo que despertó a los que así lo estaban, Ricardito, a Lala su compañera, sus críos aun sin nombre; Rita, Hortensia y Quica, las ovejas y Pepe, el carnero, que se encabritó.

-Le advertí que esto iba a pasar señorita Luciana, me salgo para que se apacigüen.

-Está bien, está bien, no tardo.

Quien no supiera que Luciana era ciega, no podría haberse dado cuenta, conocía de memoria cada detalle, cada parte del establo, sin vacilar o andar a tientas, verificó que estuvieran cerrados los corrales, con su voz calmó a uno por uno de sus animales, empezando por Lolo; afuera empezaba a lloviznar, todo el día estuvo nublado. Por fin salió ella.

-Qué raro, Lolo sonaba nervioso, como espantado, sólo había pasado una vez; veníamos de regreso del río cuando se nos apareció un oso, yo venía montando, papá y Noug a pie, en cuanto Lolo lo vio, reaccionó exactamente igual, provocando mi caída, afortunadamente no perdimos sus riendas y logramos calmarlo. Noug se paró entre el oso y nosotros, ladrándole, creo no tenía mucha hambre, sino tal vez el desenlace hubiera sido diferente, sólo se fue. Seguro tienes alma de oso Vincent.

-Más bien de perro ¿no? por eso cuando me mojo huelo así -le replicó Vincent.

-Jajaja, ¿nunca lo olvidarás? -preguntó Luciana.

-Sí, tal vez un día, pero todavía es muy pronto para que eso pase. ¿Tienes un paraguas? Ya está a punto de llover.

-Debería de haber un par en el pórtico -le instruyó Luciana.

-Ah mira ahí está tu papá, se adelantó y ya los trae. Gracias, Philippe.

-Vayan con cuidado -les solicitó Philippe.

Abandonaron la casa y caminaron. Vincent guiaba, y sus pasos conducían fuera del sendero de terracería.

-No, es por acá Vincent. Hay que seguir en el camino y más adelante del lado izquierdo verás una pequeña vereda que se ha hecho por el paso de la gente, la tomaremos hasta llegar a una bifurcación, de ahí, otra vez a la izquierda, eso nos sacará por donde pasa el arroyo -instruyó Luciana, con ese tonó mandón característico.

-O podríamos ir cruzando por el campo -le sugirió él.

- ¡No! Nos perderíamos fácilmente, hay trechos semipantanosos; confía, deja que te guíe una ciega, conozco la ruta.

- ¿Sólo hay una manera de llegar o es que temes perderte cuando un hombre de Dios dirige tu andar? ¿Dónde ha quedado ese espíritu aventurero y curioso que tanto has mostrado?

-Está bien, llévanos, piérdenos… -consintió Luciana.

Vincent no tenía previo conocimiento de a dónde se dirigían, ni cómo llegar, pero podía ver a través de Luciana, como Aharon le enseñó; por lo que, usando de andamiaje tal conocimiento, mezclado con sus sentidos de lobo para oír y oler cuerpos de agua, atravesaron el bosque.

-Me quedé pensando en que contigo estoy en franca desventaja, Vincent -afirmó la joven.

- ¿Y eso por qué? -preguntó el párroco.

-Conoces cosas de mí, que nadie más sabe o sabrá -tal comentario fue desconcertante, hizo sonrojar a Vincent, detuvo su caminar y, por ende, el de ella quien iba prendida de su brazo.

- ¿Qué insinúa señorita Luciana?

-Ah ¿No lo sabes? o ¿Ya se te olvidó que he estado contigo en el confesionario?

-Claro, por supuesto, no lo recordaba, tienes razón -siguieron su camino.

-Pues sí, tuviste acceso directo a mis pecados y yo no sé los tuyos. ¿Será que un hombre de Dios no los tiene? -lo dijo con esa chispa de picardía que la caracterizaba-. Así que siento que, para equilibrar un poco las cosas, deberías al menos contarme uno.

-Pues hasta la fecha, no he conocido mujer u hombre que no haya pecado, todos caemos en él; aunque no te será fácil conocer los míos. Si bien, como afirmas, pareciera que estamos frente a una situación de desventaja, eso no es del todo acertado. Recordemos que en el escenario que planteas del confesionario, nuestra relación era completamente diferente de: "parroquiana-sacerdote"; sin embargo, en la actualidad, has recalcado que estamos ante una amistad, por lo que bajo tu investidura de amiga frente a otro amigo y ya no, la de devota- feligrés, tendrías que declarar un pecado a cambio de uno mío.

-Jajaja ¡Ah! Intentas engañarme, ¡eh! Pero no, conmigo no te funcionarán esos trucos. En ese razonamiento tuyo, separas al párroco del amigo, como si fueran hombres o entes diferentes, y uno apartara para sí o escondiera del otro, la información que ha obtenido; lo cual no es así.

El Vincent Padre y el Vincent amigo, radican en un solo cuerpo, por lo tanto, poseen el mismo conocimiento. Ya deja la verborrea, que no se me olvidará tu deuda y el desequilibrio que genera entre nosotros -le rezongó Luciana.

-Jajaja, intento evadir tu inquisitiva actitud, pero estás en lo correcto... ni hablar, jajaja, diré uno de mis pecados...

No he sido del todo sincero contigo; la canasta en agradecimiento por lo que pasó en tu granero, no fue la única razón por la que regrese a tu casa...

- ¿Entonces? -preguntó Luciana.

Vincent se quedó unos segundos callado. Sintió despuntar la taquicardia, tragó saliva.

-Bueno, tu actitud me dejó un tanto intrigado, y tenía ganas de seguir platicando contigo.

-Y todo eso, ¿porque sería un pecado? -cuestionó la muchacha.

-Pues cuando llegué contigo ese día a darte la canasta, no dije toda la verdad sobre mi visita, entonces, yo diría que es una especie de mentira parcial por omisión y mentir es un pecado.

Se hizo un silencio entre ellos, no incómodo, sino más bien de carácter reflexivo y al cabo de unos momentos…

-Parece que no te equivocaste de camino Vincent. Escucho y huelo el arroyo, estamos muy cerca. ¡Bien hecho! -exclamó Luciana.

-Te dije que confiaras en mí, en lo desconocido.

Llegaron a la Colagne, a un andurrial, donde ella no había estado con anterioridad.

-Amo el agua, siempre lo hice, vamos a sentarnos en la orilla Vincent, busca una ribera donde estemos, si es que se puede, algo cómodos. Nos mojaremos los pies.

- ¿Es una orden? ¿Una pregunta? o ¿una sugerencia?

-Ja, ja, ja, menso. Claramente es una sugerencia, yo no doy órdenes.

-Claro por supuesto -contestó riendo el clérigo. Ya no llovía; algunos rayos del ocaso, lograban traspasar nubes y colarse por el denso follaje hasta el agua, donde la brisa generaba diminutos arcoíris. Vincent se quitó su suéter y lo puso de tapete, guiándola.

-Por aquí está bien, siéntate.

-Gracias, no había venido a esta parte. ¿Qué te parece si la conocemos juntos? -le sugirió Luciana.

-Claro.

- Ahora tú te dejarás guiar por una ciega, y no quiero oír queja alguna.

-Quítate los zapatos y los calcetines, mete tus pies en el agua y mantenlos ahí -ella hizo exactamente lo mismo, estaba excesivamente fría, pero ninguno de ellos se retractó, aunque en ella, al acto, se le puso la piel de gallina en las piernas y subió la sensación en parte de su cuerpo.

Cierra los ojos y nada de hacer trampa, ¿eh? -Vincent ya se estaba acostumbrando al acento mandón de Luciana, que lejos de molestarlo, encontraba agradable.

Empecemos por el tacto: concéntrate sólo en los pies; con cuidado, busca las piedras en el fondo. Siente su textura, unas algo porosas, otras son en su mayoría, lisas y de bordes no del todo filosos que han sido rebajados por el agua y el tiempo; se entierran en la piel, pero sin penetrarla. ¿Concuerdas conmigo?

-Sí -contestó Vincent.

-Sin abrir los ojos, saca un pie del agua, sécalo contra tu pantalón y halla con él, una piedra que no esté mojada -le ordenó Luciana.

-Ya tengo una.

- ¿Sientes la diferencia respecto de las sumergidas? -Luciana concedía breves pausas para que completara las pequeñas "instrucciones", disfrazadas de dulces órdenes.

-Sí, son similares, pero recorrerlas dentro del agua, es...

- ¿Mejor? -preguntó ella.

-Sin dudarlo -afirmó él.

-Ahora sigue tocando el agua, fíjate: en lo fresco...

-Sí claro, sin duda *disfruté lo "fresco"* desde el inicio -interrumpió sarcásticamente el cura.

-Dije que sin quejarse, ¿eh? Palpa la ondulada corriente sobre la superficie y la que tiene por debajo de ella, encuentra las discrepancias... la temperatura, la aparente celeridad de una y en la otra... no tanta...

Mueve los dedos de tus pies a contra flujo... ¿percibes esa intensidad que no resulta suficiente para quitar el bloqueo que le representas, pero que ha sido capaz de mover y moldear innumerables piedras que son de composición más resistente que esos dedos tuyos? Además, date cuenta que no tiene la misma en todas partes, en la orilla es ligeramente menor...

Después de un rato en que a ojos bien cerrados los dos palparon superficies...

Es turno del oído, pero también para ti, sin abrir todavía los ojos, dibuja el agua para mí, Vincent. Sin mirar, sólo óyela; el sonido, será la pintura; tu boca y tu voz, la mano y el pincel para el diseño -le requirió Luciana.

-Por supuesto *milady*; posee al menos, dos desniveles cerca, el más grande, río abajo a unos cinco metros de nosotros y será de un metro y medio de altura; el más pequeño, casi enfrente, yo le calculo poco más de medio metro. La caída del agua, la fuerza o tenuidad con que lo hace y el flujo variante que se genera a posteriori, hace evidente su cercanía y elevación...

Haciendo un poco de trampa, pues no puedo negar que las vi, pero ahora las escucho. Hay múltiples rocas en el caudal: unas grandes, otras no tanto, que, al choque con las mismas, lo perturban, redireccionando y redistribuyéndolo...

Hablando de su extensión, es vasta, sube kilómetros colina arriba y es más larga en su descenso.

-Nada mal, nada mal, tienes buen oído -reconoció Luciana-, aunque más que una pintura, sonó como un reporte; fue un tanto técnico, te enfocaste sólo en propiedades, dejando de lado la belleza de los efectos -replicó Luciana.

- ¿A qué efectos aludes? -cuestionó Vincent.

-Sí. ¿Por qué no añades a tu boceto sonoro: las pequeñas cascadas que generan los desniveles; la segunda de ellas, ligeramente escalonada, pues esa caída no es directa, sino que hay más piedras donde el agua parcialmente hace escala antes de seguir su cauce, formando diminutos estanques que hoy sirven de bebederos a unos grillitos?

¿No crees que la idea de una cascada escalonada causa en el oyente algo diametralmente diverso? Podrías generar un discurso no sólo para que alguien pueda dibujarlo tal cual, sino que, además, despierte sus sentidos, su mente o algo más. Por ejemplo, reforzar que el flujo grácil del agua a través del tiempo, es capaz de esculpir su propio camino, sin importar la dureza que se le oponga, pero a la vez, no hará merma en la piel más delicada, que lo acaricie por un instante.

-Tienes un poco de razón, pero pese a lo parco de mis palabras, logré activar tu mente y lengua; y conforme te voy conociendo, realmente dudo que aun la narrativa más fermosa, no pueda ser aderezada con el destello de tu inventiva -contestó risueño Vincent.

-Ja, ja, ja, puede ser -se sonrojó Luciana, se mordió el labio inferior y se acomodó un mechón detrás de la oreja; cuestión difícil, porque rara vez alguien causaba ese efecto en ella; se dio cuenta de ello y lo intentó disimular.

¿Oyes eso, Vincent? Ya regresó la lluvia -dijo con alegre sorpresa Luciana.

Vincent abrió los ojos y buscó los paraguas que dejó recargados en un árbol.

-No, no, espera, quédate a mi lado. Óyela, es maravillosa. Ella nos habla y dará más información del arroyo… no tiene la misma hondura en todos lados. Levantó su brazo y apuntando su mano, dijo: allá es menos hondo. El agua no suena igual cuando cae ahí, que en ese otro lado -dijo, precisando otra parte. Él sonrió, ella tenía la razón.

Empezó a acrecentar la lluvia.

- ¿Quieres el paraguas? -insistió Vincent.

-No, no, pero si quieres, usa uno.

-Descuida, estoy disfrutando conocer como lo haces tú.

-Vincent, te das cuenta cómo fluyen los elementos a través de ella. Con tan solo unos minutos, el aire ya es distinto, más frío -Luciana respiró con mayor profundidad- es *el agua en el aire*; ha revelado la esencia de la tierra, de las plantas, *la tierra en el aire*; y no sólo eso, las gotas delatan fonéticamente al río, a las rocas, la tierra, los charcos, los árboles, sus hojas, hasta tu posición, cuando impides que caigan directamente al suelo debajo tuyo; en cada superficie alcanzan un tono diferente, millones de gotas esparcidas continuamente en tiempo y espacio; todo ese "ruido", de primera impresión, podríamos decir que es un caos, estimulando algo más que nuestros sentidos.

¿Has notado que el sonido de la lluvia o el de las olas en la costa, pareciera siempre igual? Pero, realmente, ¿cómo podría serlo? si para conseguir identidad, todos los elementos con que se configura y a su alrededor, debieran sincronizarse; las nubes tener exactamente la misma carga de agua, estar en la misma posición y proximidad con la tierra, las corrientes de aire coincidir, la superficie donde cayera y la potencia o sutileza con que lo hiciera no cambiar en lo más mínimo; y en el oleaje pasa algo equivalente: el agua, sin importar su procedencia o trayecto, llegar con la misma densidad e intensidad a una playa eternamente inmodificable...

Cada gota precipitada y cada ola tan disímiles, poderosas, perfectas notas de una melodía líquida inagotable.

Me gusta pensar en el agua de la lluvia o la de las olas, como aquellos talentosos dedos que buscan sacar las mejores notas de un instrumento musical. Si aquello que es tocado por el líquido, tiene música por dentro, el movimiento

-vía precipitación y/o marea- la encontrará y revelará; por supuesto, no ignoro que, en tal proceso, los dedos no se mueven por sí mismos, sino que a su vez, también resultan utensilios expresivos de su tenedor; así mismo, creo que lo es el agua, conduciendo tal vez, la esencia de algo o alguien más en busca de bellas composiciones.

Paralelamente, Vincent veía con sus ojos de licántropo la energía transferida y distribuida por la lluvia que interactuaba con la de todo alrededor, pero no podía apartar su atención del efecto causado en el espectro irradiado por Luciana; el blanco, amarillo, naranja, rojo, blanco, gris y con algunas pinceladas en negro que la caracterizaban, atenuados, pero a la vez, todos ellos habían sido cubiertos de azul. Era como mirar al sol desde el fondo del mar. Los rayos que logran penetrarlo dan un espectáculo de dispersión, luces y sombras de diversas tonalidades; distingues colores, pero a ninguno de ellos lo puedes desprender del líquido bajo el cual miras. Es la luz fluyendo en el agua.

-Entonces   -conjeturó   Vincent-   ¿podríamos conceptualizar válidamente a la lluvia, como el tiempo en que el agua conecta y conduce tus sentidos a la naturaleza? ¿O el tiempo en que los elementos convergen?

Dejando esas preguntas en el aire, el párroco continuó:

¿Sabías que el poder del agua incluye transportar sentimientos?

-No. ¿Cómo es eso, a qué te refieres? -curioseó la doncella.

-A una lágrima.

Piénsalo bien, están conformadas por agua, pero no es de lo único.

El agua, es capaz de recoger y arrastrar fragmentos de una intensa emoción, desde cualquiera que sea el órgano en nuestro interior que cobije el sentimiento -sea el estómago, cerebro, corazón o algún otro-, filtrándolo hacia el exterior y tornándose perceptible para cada uno de los sentidos; podrás verlo, palparlo, olerlo, degustarlo y de caer en cualquier superficie... sin duda, oirás gotear a un espíritu...a lo intangible...

Una lágrima será entonces, una pizca de alegría, de la risa, del enojo, la tristeza, de dolor, de la impotencia... cada gota de tu ser, con un mensaje tan variado; su pequeña apariencia, sólo será medible, con la grandeza del sentimiento con que se imprime...

Es una emoción de tal ímpetu, que el alma cobra voluntad de exposición. Quiere salir y sólo halla en el agua un medio de transporte -inmediato sí, pero no el único- hacia la superficie; ya en la luz, trazará su camino a través de un campo suavemente aterciopelado, el cutis, sólo para encontrar confort o expansión, dependiendo del sentimiento que la provoque.

-Imagina, Vincent -intervino Luciana-. Si el agua es de tal nobleza y capacidad que logra conducir la intensidad de lo impalpable que yace en nosotros, ¿qué traerá consigo cada gota de lluvia que viene desde el cielo? Tanto camino que recorrió no puede, ni debe ser en vano...

Con todas esas palabras de preámbulo, ambos se quedaron en silencio alrededor de media hora, aplicando cada uno de sus respectivos sentidos al todo, y hasta en el ascendente frío encontraban una lección más allá de la que hacía sobre su piel...

Dejando atrás tales perspectivas, lo que empezó como una ligera lluvia, se transformó de a poco en una tormenta ennegrecida con relámpagos y truenos. Vincent abrió un paraguas y cubrió a Luciana.

-Ya fue suficiente señorita. No queremos que te enfermes. Será mejor que regresemos, se está haciendo tarde. - Tomó los calcetines y zapatos de ella. Con el suéter que puso como tapete, secó y limpió los suaves pies de Luciana, luego los vistió, los calzó y al final, con extrema delicadeza ató los cordones de su calzado.

Volvían presurosos, cuando una energía oscura llamó la atención de Vincent. Dejaba una bruma negra rojiza a su paso, parecía que los rodeaba en toda dirección, e incluso se movía trepando entre las gruesas ramas de los árboles. Ambos detuvieron su paso; Luciana también pudo percibir algo malévolo.

-Espera Vincent, hay alguien atrás de nosotros -dijo anticipadamente ella.

-Ha venido siguiéndonos desde que dejamos el río -contestó él.

- ¿Quién es? -preguntó Luciana.

-No creo que sea una persona, probablemente se trate de un animal.

- ¡Es la Bestia! -aseveró ella, en un tono medroso.

-Tranquila, todo estará bien.

Vincent cerro los ojos, "*miró*" atrás, su acosador una vez más desapareció... de repente, lo pudo ver con un poco más de "*claridad*": se hallaba, incomprensiblemente, a unos veinte metros adelante, acechándolos en la maleza, con un ojo blanco, agazapado, esperándolos. Demostrando cierta inteligencia, anticipó el camino que seguirían por el pequeño sendero disimulado entre las zarzas, que dejaron cuando se dirigían al afluente. Desafiarlo era inevitable, para proteger a Luciana. Miró alrededor en busca de algo. A unos metros, encontró una pequeña caverna en el tronco de un enorme olivo milenario; los árboles circunvecinos y sus ramas retorcidas también servirían de defensa, formando un embudo. Arrancó con suma facilidad una rama larga y gruesa, y condujo a la muchacha hasta el improvisado y escueto refugio.

-Luciana, ruego me perdones. Temo que te he puesto en peligro. Está a unos veinte metros delante de nosotros, por lo que sólo queda volver al río, perdernos en el bosque o intentar enfrentarla. Quiero que sujetes esta rama, en un extremo tiene una punta; úsala de bastón o arma. Yo atraeré al monstruo hacia mí, alejándolo de ti. Espera a que yo venga por ti.

- ¡Nooo!, no vayas solo. Quédate a mi lado.

- ¡Escúchame! No seas obstinada, este olivo servirá de escudo; los ángulos que él no cubre, lo harán otros árboles entrelazados. No es un muro infranqueable, pero de haber un peligro, sólo podrá acercarse a ti de frente o por arriba. Cuando escuches, sabrás dónde defender. No salgas hasta que te lo indique, que yo trataré de ahuyentarla.

- ¡No por favor! No voy a dejarte solo.

-Estaré bien, vendré por ti.

-Está bien, con cuidado por favor.

Vincent se acercó lentamente a la monstruosidad oculta entre la vegetación. A la vez que se quitaba los zapatos y su camisa, empezó a encorvarse, transmutándose a licántropo; en cuanto lo logró, la bestia se develó, no era igual a la que Marie había derrotado en su estado fragmentado, misma que Vincent pudo ver con clara vividez, cuando Aharon le compartió tales recuerdos. Si bien, esta "nueva" también tenía rasgos lupinos, era de proporciones musculosamente mayúsculas; sus fauces salivantes, recorrían con puros colmillos casi todo su rostro, de oreja a oreja. Estaba tuerta, y el ojo que tenía era blanco, sin reflejo alguno; en el ojo faltante, cruzaba en diagonal, una honda y reciente escarificación, originada sobre la ceja, hasta casi llegar a ese espeluznante hocico, extraña, pero *"hermosamente adornada"*, rellena de oro y diamantes incrustados. Tenía secciones de su cuerpo cubiertas con una armadura osificada de marfil, enraizada en sus músculos, contrastando con un abundante pelaje negro; en su pescuezo, un collar de púas con las mismas huesudas características. Caminaba erguida en dos patas, dejando su pecho al descubierto y del que sobresalían, inscripciones cinceladas en la piel. Vincent podía ver la oscura energía que de ahí brotaba; de su cabeza y sobre su lomo, dos hileras de placas y puntas afiladas, largas, negras y traslúcidas que se juntaban al iniciar su cola (copiando las franjas blancas que caracterizaban al Aharon-lobo y las escamas dorsales de los cocodrilos, aunque notoriamente más elaboradas). Sus extremidades superiores no eran una estructura enteramente solidificada en brazos y garras: parecían conformadas por troncos maleables, envueltos por millones de abejas negras y blancas moviéndose al unísono en constantes ondas de agitación[40] y que mientras se aproximaba al hombre lobo, le mostraba las diferentes formas amenazantes que podía adquirir, tales como zarpas extremadamente largas y afiladas, brazos llenos de espinas, dividirse en numerosas garras, manos intercambiadas por tenazas cual si fueran de escorpión; optando por estas últimas -como si intentara encontrar la forma más adecuada para provocar un daño o sufrimiento superlativo en ese cánido contrincante-. Fue así, que de pronto desapareció por un segundo, dejando un halo oscuro rojizo detrás suyo y apareciendo rodeada de esa misma aura en frente de Vincent, intentando en el acto, atrapar su garganta, quien

---

[40] Danza u ondas de agitación: Mecanismo de defensa y comunicación de las abejas, que consiste en un enjambre de cientos o miles de abejas, pegadas unas a las otras, que cinética, sincronizada e hipnotizantemente simulan una onda visible y audible que sube y baja; viéndolo de manera individual, cada miembro empuja su abdomen hasta noventa grados hacia arriba y lo agita de manera coincidente con sus demás integrantes.

hábilmente logró esquivarlo, dando un salto detrás de sí mismo e internándose en el bosque; ¿su pretensión? Alejar la pelea de Luciana.

La criatura bufaba al errar. Lo persiguió dándole pronto alcance, brincando sobre su espalda. Rodaron los dos por una barranca empinada, chocando de frente con un árbol; se pusieron de pie, exentos de daño considerable. Los brazos del monstruo cambiaron a cuchillas con las que agredió a Vincent, quien evitó ser apuñalado con ellas. Se dio cuenta de que su contendiente era mucho más rápido y fuerte que él; en eso, la aberración saltó de un árbol a otro y luego a otro, para tomar impulso logrando acertar a Vincent, provocándole una profunda cortada en su cutis y su otra navaja, casi la inserta en su pecho, pero encontró como barrera, la garra derecha del licántropo, quien obtuvo a cambio, una dolorosa herida; con tal cercanía, el adefesio lanzaba dentelladas al aire, intentando alcanzar la cara ensangrentada de Vincent, a la vez que empujaba la hoja afilada hacia el cuerpo del licántropo, el que con su mayor esfuerzo, logró repeler el ataque y retroceder unos pasos del fúrico contrincante, mientras sus lesiones eran auto subsanadas.

Otra vez, ambos de frente, la bestia rugía y babeaba; sus brazos tomaron la forma de grandes zarpas, sin ningún aditamento más que alargadas uñas. Se apostó en cuatro patas, con las ondas de agitación en señal de desafío, mirando fijamente a Vincent; las crestas sobre su dorso adoptaron un brillo rojizo; el *lobishome* embistió, abalanzándose sobre él, intentando lastimar la faz de la bestia con sus zarpas, sin éxito y en vez de eso, ella le prensó un brazo y se lo dislocó, por lo que aprovechando tal aproximación, Vincent atacó directamente su hocico, rompiéndole con su otra extremidad unos colmillos, logrando liberarse. En segundos, ambos repararon el daño sufrido; la abominación reponiendo los caninos perdidos, por otros más pronunciados, presumiéndolos de inmediato y Vincent, poniendo los huesos de su brazo chueco en su lugar.

La bestia se abalanzó sobre Vincent, pretendiendo con sus fauces alcanzar su cuello, quedando encima de él, quien apenas podía contener su ferocidad, evitando, además, el filo del collar de espinas. En ese forcejeo, el hombre lobo tarascó y desprendió una de sus puntiagudas orejas; la bestia se apartó algunos pasos de él, para regenerar el hueco causado. Vincent aprovechó para oxigenarse, se paró en dos patas y aulló.

Parecía que el inicuo *versipellis* iba a imitarlo; se alzó sobre sus patas traseras, pero no aulló. Mirando directamente a Vincent con su único ojo blanco, hizo una mueca malévola y se esfumó, otra vez en un parpadeo, apareciendo a un paso en frente del licántropo y tomándolo por sorpresa, le lanzó un zarpazo a modo de gancho a la mandíbula, enviándolo al suelo con tres dolorosas cortadas sobre su cara; habrán pasado un par de segundos cuando el hombre lobo volvió a ponerse de pie y para su asombro, la bestia ya no estaba. Sintió bruscamente que el corazón se le oprimía, y pensó: ¡Luciana!

Galopó tan rápido como pudo colina arriba, buscando a Luciana. Al mirar con cierta lejanía el viejo olivo dónde la dejó resguardándose, vio erguida y de espaldas a la siniestra bestia. Tal escena fue suficiente motor; sus movimientos cobraron la velocidad de un parpadeo, abalanzándose en ese dorso espinado por protuberancias que escudaban la retaguardia de la criatura -quien ya traía la rama incrustada en el mismo hueco izquierdo, donde le faltaba su ojo- y al hacerlo, se llevó múltiples laceraciones; sin importarle su propia integridad física, continuó, puso una garra sobre el collar de puntas óseas, enterrándose algunas y con la otra, aferrada a la testa del perpetrador, las giró en sentido contrario con tal brutalidad, que consiguió no solo romperle el cuello, sino también, desprender desde el músculo, jirones del rostro demoníaco, trayendo consigo el correspondiente sonido violento de huesos quebrándose, carne desgarrada e ineludiblemente, la muerte instantánea del perverso agresor.

Luciana… agitada, aún de pie y sosteniendo el paraguas igual a la espada más afilada, se quedó inmóvil por unos momentos. En su cara, agua, lodo y sangre; le castañeaban los dientes; sus ojos ciegos, llorosos, pero fijos al frente, detenidos en aquel que había dado muerte a su bestial atacante, soltó su arma improvisada y con manos temblorosas[41] intentaba arrimarse a él, usando -por inercia- la lluvia y la respiración intermitente del lobo, para establecer su posición.

---

[41] No por incertidumbre de lo que pasaría, sino por el ataque apenas acaecido.

Vincent, encima del que era ya un despojo humano, atravesó la sutil cortina de agua que se formaba naturalmente por la posición y ramificación del hermoso olivo, se aproximó al grado de rozar con su cabeza, las manos abiertas de ella, quien sin miedo, palpó de a poco (al inicio, con tenuidad, que en seguida, elevó a intensidad), esos caracteres lobunos, afelpados y empapados, orejas, hocico, al que rodeó cariñosamente, descubriendo sus afilados colmillos; no faltó más, restregaron sus rostros, intercambiando olores y sensaciones. Él lamió de su cara las lágrimas, esas intensas emociones que en esta desgracia se imprimieron en el agua con la clara intención de buscar alivio, topándose y terminando de engarzarse con un licántropo. Al hacerlo, su composición cambió, ahora pretendía la expansión.

Sollozando, con la voz entrecortada, Luciana le dijo:

-Hueles a perro mojado.

Se desvaneció, había sido tarascada por la bestia,[42] quien le dejó su impronta… una toxina ya recorría su interior, Vincent la sostuvo con dulzura acunándola en sus brazos y volvió a aullar, en esta ocasión con más ahínco. No tardaron en llegar hasta ahí, primero, Silas y

---

[42] Según se observa, esta bestia infernal, pertenecía a la especie de los llamados "hechizados", es decir, que la conversión se debía a un conjuro; por lo que debemos recordar que su dentellada no transmitía la licantropía, pero aún la más leve, causaba una muerte lenta y dolorosa, pues la saliva, era un medio para propagar la podredumbre del ente maligno que la sometía.

Ain, posándose sobre el cadáver ya en su efigie humana; alcanzándolos Marie y al final, Aharon, ambos en su fisonomía digitígrada.

- ¿Qué ha pasado Vincent? -le preguntó Marie, en tanto que Aharon se acercó al cuerpo exánime y mutilado de aquel desgraciado, lo olfateo y enterró su garra sobre él, extrayendo la vasija dorada que hacía las veces de corazón, dejándola caer al suelo para que se quebrara, viendo otra vez, un interior lleno de polvo. Movió la cabeza en sentido desaprobatorio.

- ¡Tontos! todos hemos sido engañados -dijo Aharon- estas bestias que de alguna forma se replican, son vacías, carecen de albedrío *propio*, es magia oscura lo que les proporciona poderes y forma.

Al parecer, son sólo hombres que han intercambiado tanto su alma, por promesas apuntaladas en barro adornado con brillos, relleno de polvo y aire; como su apariencia humana, por otra que les diera poder y ventajas efímeras sobre la mujer y el hombre común; pero sin saber o sin que les interesara, el hecho de que con ello nutrían, a la vez que esparcían, una putrefacta existencia. Si queremos que esta calamidad desaparezca y el hombre supuestamente "normal", deje de exterminar a nuestros hermanos lobos en busca de tales abominaciones, habremos de encontrar la raíz… -Vincent lo interrumpió.

-Aharon, esta muchacha necesita ayuda, fue mordida por la bestia.

-Habrá que dejarla, no tenemos tiempo, el rastro fresco de este infeliz podría llevarnos a su guarida pa…

- ¡No Aharon! ¿Qué te pasa? No la vamos a dejar a su suerte, si tú no quieres socorrerla nos quedaremos con Vincent para hacerlo, ella no morirá -el tono en que Marie lo dijo fue suficiente para que Aharon deliberada y avergonzadamente agachara orejas, mirada y su cola canina.

-Tienes razón Marie, discúlpame, Vincent -se acercó a Luciana para examinar la lesión que tenía (mirándola, tocándola y olfateándola). Pudo advertir que la bestia no sólo desgarró la piel y parte del músculo, sino que administró alguna sustancia negra verduzca que se esparcía en el interior de la pobre joven, pigmentando venas y arterias por igual alrededor de la herida-. Vincent, no sé si sea demasiado tarde, inyectó una ponzoña que ya corre a través de su sistema circulatorio, se extenderá a todo su cuerpo y más allá de él; mira con tus ojos de lobo, como cubre su ser; lo está sofocando poco a poco.

No obstante, esta muchacha parece repelerla. No estoy seguro de cómo, y menos de que lo logre y no sé de qué clase sea lo suministrado, para aplicar el remedio adecuado -los tres licántropos se miraron mutuamente, callados incómodamente hasta que Marie habló:

-Creo que sabemos de una cura factible -afirmó ella.

-No, no deberíamos. A ella, no -contestó Vincent.

- ¿La conoces? preguntó Aharon, acercando a Luciana su garra, mientras simultáneamente retraía la licantropía de ella -Vincent lo detuvo, poniendo su garra sobre el hombro de Aharon.

-Sí, si la conozco -afirmó Vincent.

-Podría ser su única oportunidad, Vincent -insistió Marie.

-Está bien, pero tiene que ser su elección, no la nuestra. Incluso al enfrentar muerte y sufrimiento, Dios nos da elección -aseveró Vincent, no tan convencido de que fuera la mejor solución.

Marie-loba la despertó con excesiva ternura. Luciana por fin recobró el sentido; sufría intensamente, salían lágrimas de sus ojos, pero percibía a los tres licántropos a su alrededor, sin miedo, dirigió sus palabras hacia donde estaba Vincent: me duele, Vincent.

-Perdóname, Luciana; no quería que esto te pasara; fue mi culpa, debimos regresar más temprano y por el camino conocido -dijo en medio del llanto.

-No, no fue tu culpa, ella venía por mí.

- ¿Ella? ¿te refieres a la Bestia? -le cuestionó Vincent.

-Era una mujer malvada, quería matarme -aseveró Luciana, sollozando.

-No, era un animal diabólico, seguro estás alucinando por el dolor y el tósigo en tu sangre - intervino Marie.

-Tócala con tu humanidad Vincent -le dijo Aharon a él.

Vincent se concentró para retraer su licantropía del brazo, haciendo un esfuerzo por mantenerla en el resto del cuerpo.

-Sereno, respira lenta y profundamente, deja que fluya la parte humana únicamente en tu brazo y da contención al lobo- le indicó Aharon a Vincent, a la vez que ponía su garra sobre él.

-Lo tengo -acercó su mano de hombre al rostro de ella, a sus lágrimas.

En ese momento el cuerpo de Luciana era dominado por el sufrimiento y la angustia; él los sintió como propios, pero no lo detuvieron; se adentró a la causa de ellos, en los recuerdos inmediatos; ahí estaba, la horripilante criatura parada bajo la lluvia enfrente de la muchacha, observándola; no con la energía de un hombre dentro de aquel monstruo con quien momentos antes había combatido, pues tal y como dijo Aharon, de ella brotaba una sevicia y oscuridad grotescas, lúgubres, de tal nivel, que las plantas a su alrededor morían al sólo rozarla o ser pisadas; fue patente que la monstruosidad fungía de marioneta; su titiritera estaba en un plano diverso. Entonces habló, con voz macabra de mujer:

-Ahhh la Luz de Dios, aquí te alinearás y apagarás -empezó a agredirla, alcanzando a morderla, Luciana se defendía en todas direcciones, acertó a clavar la rama en su cuenca ocular, lo que hizo que la bestia retrocediera, dando oportunidad a Luciana que tomara el paraguas y siguiera intentando protegerse, hasta que llegó Vincent a detenerla...

Regresó Vincent al presente.

-Sí, hay un poder antiguo y maligno atrás de estas diabólicas creaciones.

Luciana, sé que el dolor gobierna tu ser, pero es necesario que tomes una decisión tratando de que no sea éste el que dirija tus pasos, sino que veas por encima de él -le indicó Vincent.

Luciana estiró su mano, solicitando implícitamente la garra de Vincent, quien la tomó firme, pero a la vez, tiernamente. Aharon-lobo se acercó retrayendo la conversión de sus brazos y los puso sobre la frente y el pecho de ella.

El tiempo y espacio desaparecieron, no como la vez que devoró el corazón de Adam; ahora no era todo oscuridad y energías moviéndose en y a través de ella, sino dos soles en el horizonte, uno mucho más pequeño que el otro, que coloreaban agua y firmamento; era el amanecer en medio de un mar cuasi prístino e inamovible solo hasta el más sutil de los tactos; ahí, Aharon y escindido, un magnífico lobo negro a su lado, los dos parados sobre el agua, envueltos y atravesados por la luz que todo lo irradiaba, no proyectaban sombras detrás suyo; la plenitud dominante se filtraba en ellos; nada les impedía moverse, y de hacerlo, ondas expansivas que se perdían en la inmensidad de la superficie líquida delataban el movimiento del hombre; sin embargo, las pisadas caninas eran de tal dulzura que apenas causaban efecto en ella; estar ahí se traducía en una sensación sobrecogedora. A lo lejos, "*navegando*" en una balsa negra, Philippe y una ligera luminiscencia femenina y alada -ella no era quien revestía el todo, se trataba sólo de una turista más en ese mar; Luciana en el firmamento, era el máximo astro ahí.

Una mancha líquida y umbría se extendía en el océano, corrompiendo la atmósfera. Emergiendo lentamente de ella, una silueta femenil claramente incompleta, en creciente evolución y esclerotización; de piel impoluta y traslúcida, que permitía ver arterias y venas teñidas por la putrefacción que en ellas circulaba; sin cabello o vestimenta; encarnada en su cabeza, una intrincada tiara de espinas negras y doradas; ojos lúgubres, sin reflejo y chorreantes de oscuridad en un cutis inicuamente bello, con sólo un brazo y otros tres en formación. Imposibilitada a desplazarse desvinculada y fuera de su viscosa raíz, luz y agua reinantes así se lo recordaban, estaban en constante colisión.

Lobo y humano caminaron juntos sobre el agua hasta llegar a la negrura, en posición de ataque, causando curiosidad en aquella perversa fémina.

En este punto, existe una perspectiva bifurcada, pues en tal dimensión, sucedieron paralelamente dos situaciones derivadas de que la atención de la maldad inserta en Luciana -y, por tanto, su dolor- fue, de momento, atraída y detenida por la presencia del licántropo.

Perspectiva de lobo y hombre.

-Ahhh *Loup Garou*[43]– les dijo la entidad infame y naciente, con una voz tétrica, parecida a la que momentos antes salió de la bestia amenazando a Luciana.

Se dirigió dispuesta a atacar a Aharon, cuando el lobo saltó adentrándose en esa sombra líquida interponiéndose en su camino y provocando su pausa; notaron que la mancha sobre el suelo, era diferente; actuaba por sí misma, un tanto independiente de la incipiente mujer, pudo envolver al canino en una sustancia oleaginosa que le impedía moverse formando grilletes en las articulaciones de sus extremidades y cuello; Aharon también se internó para ayudarlo, cubriéndose al instante por ese mismo elemento. Al estar los dos cautivos de la oscuridad, esa conciencia diabólica se avecinó al humano hasta tenerlo

---

[43] En relación a los nombres con los que en Francia se le denominaba al hombre lobo, en el diverso *El Libro de los Hombres Lobo. Información sobre una Superstición Terrible*, op. cit., p. 15, literalmente señala: "... *En Francia, el hombre lobo toma su nombre de Loup Garou, tautología que viene de la expresión nórdica loup-gar-wolf, que significa lobo-hombre-lobo...*"
En esa misma guisa de ideas, el diverso libro, *Historia de los Hombres Lobo*, op. cit. en su página 161, precisa que derivado de que en Francia durante los siglos XVI y XVII, supuestamente hubo una plaga de hombres lobo, sus distintas regiones adoptaron diversas denominaciones para referirse a ellos: *Garu ló*, era la correspondiente a los Alpes; *Hogemann* o *Marolf* en Alsacia; *Corognaou* en Aveyron; *Loup berou* en Berry; *Bisclavet* o *Bisclavert* en Bretaña; *Leu voirou* en Borgoña, etcétera.

de frente: lo miró detenidamente, analizándolo y a punto de tocarlo con el único brazo que tenía parcamente desarrollado, su esquelética mano fue apresada y amputada por el lobo, quien hábilmente aprovechó que sus negras cadenas fueron ligera e incomprensiblemente debilitadas, para liberarse sin tanta fuerza aplicada; en tal distracción, Aharon también pudo zafarse, pero en una fracción de segundos volvió a quedar ceñido por ese fluido; forcejaba, pero entre más lo hacía, más se aprisionaba.

El lobo caminaba sobre la sustancia negra, que ya no le afectaba, rodeando la torcida presencia que de ahí surgió y quien lo miraba sin queja o expresión alguna por su mano perdida y disuelta en la superficie. De su brazo chorreaba una sustancia negra-verduzca que se reciclaba en ese asqueroso suelo; sin mayor reparo y con excesiva calma en su interior, el cánido aulló dulcemente; de inmediato, la luz y el mar de ese amanecer fueron inyectados de un radiante color púrpura, propagado por la frecuencia sonora del mismo. La mancha se alteró, soltó a Aharon y retrocedió encogiendo su tamaño, pero sin desaparecer; la grotesca fémina gritaba con rabia, a la vez que pedazos caían de su inconclusa figura. Fugazmente, su abyecta forma y alaridos dejaron de existir.

Perspectiva de Luciana.

Mientras fue atraída la atención de aquellas entidades oscuras hacia el licántropo, pudo configurarse -en su anatomía humana- y proyectarse la presencia de Luciana;

en ese ambiente, nada le fue negado a sus ojos quemados, todo lo veía. Pese a que nunca había estado conscientemente ahí, podía reconocer todo lo ajeno. A lo lejos, al hombre y al lobo; y más de cerca, la balsa donde apaciblemente flotaba Philippe, *Nougat* echado y dormido a sus pies y una ligera luminiscencia femenil alada, supo de inmediato quién era. Las lágrimas le brotaban mientras corría sobre el agua a su encuentro, no obstante los firmes pasos que daba sobre el líquido, no lo agitaba; el efecto que dejaba en él, eran figuras geométricas, como flores de escarcha y luz que, en breve, se diluían.

- ¡Mamááá! -subió de prisa a la balsa y se abrazó a ella, quien la rodeó por completo con sus alas de energía fundiéndose las dos en una intensa luz, incrementando el brillo ahí existente.[44]

- ¡Lucianita! -le dijo su madre al oído, con una expresión llena de ternura. (Una presencia de tal naturaleza no articulaba un lenguaje humano conocido, ni que pudiera ser replicado por tal especie, sino uno estructurado con diversos elementos -sensoriales, sonoros, visuales, táctiles y racionales-, tanto propios de la entidad que los producía, como tomados de ese exterior; no obstante, Luciana entendía todo a la perfección, a pesar de ser la primera vez que lo percibía -al menos conscientemente-).

---

[44] Esto fue lo que ocasionó que la sombra invasora se debilitara permitiendo que el lobo se librara de las cadenas.

- ¡Mamá, mamá! Te amo, te extraño tanto.

-Hija mía, siempre me has tenido en tu corazón, en tu mente; nunca me apartaría de ti, de ustedes ¿Cómo podría?

-Pero… quiero estar así, a tu lado, no te vayas por favor -le dijo Luciana en medio de sollozos.

- ¿Crees que ha llegado el momento? -preguntó Élisa.

-Sí, sí -contestó Luciana sin dudar.

-Escúchame Lucianita, siempre estaré contigo, no lo dudes; ya deberías saber que la existencia no es sólo lo que ves o lo que percibes con los límites de eso a lo que llaman "sentidos" -Élisa extendió una de sus alas y la acercó, acariciando delicadamente el rostro de su hija, recogiendo con una pluma de energía, las lágrimas del rostro de Luciana. Su solo contacto provocó en aquellas emplumadas extremidades, un fastuoso brillo. Le cuestionó a Luciana:

- ¿Viste ese esplendor que inyectaste a lo ya refulgente? Eres tú, Lu; la luz en el agua.

Si te quedaras conmigo, ¿qué será de tu padre y de Noug? ¿Qué será de esta luz que incluso involuntariamente permeas hacia el exterior? ¿Dejarás que todo eso que tú eres, se pierda, sea cubierto por el veneno que, mientras hablamos, intenta esparcirse en ti y ya lo hace también en el exterior?

Mira hacia allá. ¿Puedes distinguir a esos cuatro, cierto? Esa oscuridad se enfrenta al lobo y al hombre; ¿es el bien intentando oponerse al mal? ¿Quién decide el rol de cada uno y con base en qué? ¿Está en su estética su definición?

Olvida su apariencia, observa cómo se comporta cada uno de ellos; esa mancha voraz, la entidad oscura que de ahí fue gestada y el hombre. Estos *tres*, turban al máximo, el océano que tocan; si de ellos dependiera, destruirían la inmensidad de lo desconocido intentando cumplir cada uno con su objetivo, cualquiera que sea y si es que si quiera lo conocen; al menos dos de esos proceden y valoran en función del resultado. Ahora enfócate en la cuarta presencia, en el *varg*,[45] se mueve con elegancia, serenidad, fuerza y seguridad; sin embargo, al hacerlo, y a diferencia de al menos dos de los otros tres, éste consideró las repercusiones que genera a su alrededor. Sus patas con almohadillas, son apenas percibidas por la superficie vítrea debajo suyo; su actuar es a la vez, el paliativo de sus externalidades; aunque dentro de él yace un vasto poder, lo modula a voluntad y con algo más, intentando no perjudicar, pero en su caso, reparar el medio que permite no sólo su propia existencia, sino la de todos los demás, incluida la nuestra Luciana. Él no valora todo en función del resultado;[46] y si no valora en función de un resultado, por lógica la falta de tal lineamiento, ¿no implica valorar mucho más o al menos, hacerlo con más sustancia, de aquella con que lo hace el que le sirve de anfitrión? ¿No implicaría tener una conciencia con mayor amplitud a la de aquel que lo hace con escalas meramente utilitarias, estéticas y hasta de inmediatez? El

---

[45] En nórdico antiguo, "*varg*" es un eufemismo para denominar al lobo.

[46] "*Al contrario que muchas personas, los lobos no lo valoran todo en función del resultado.*" Cita extraída de *La Sabiduría de los Lobos*, op. cit. p.164.

humano tiene más que aprender y necesidad de él, que él de aquel bípedo y, sin embargo, el cuadrúpedo nunca lo abandonará; esa simbiosis convenida, al menos en el presente, es notoriamente desequilibrada.

No obstante, cada uno en ese cuarteto, son la manifestación del mismo número de energías:

> Energía de destrucción. "Vemos" poder, pero impreso con esa única finalidad, "destruir". No acepta como válida, postura diversa; sin importar qué pase, no se desprenderá (voluntariamente) jamás de esa naturaleza corrosiva. No le interesa nada; el avanzar, detenerse o retroceder, existir o dejar de, no le representa per se, beneficio o agravio;

> Energía oscura derivada. La que presenciamos, fue gestada con apoyo en la primera.[47] Con poder para destruir, lo ejerce con un dejo de voluntad y conciencia, pero sin libertad de ejercicio -aunque

---

[47] Pareciera contradictorio que la destrucción, pueda dar pauta a la creación; sin embargo, no es así. Una energía diferente, como lo es la oscura "primaria", tiene como atributos, entre otros, voluntad y poder; pero es estéril, en oposición a fértil; tiene conciencia sobre la creación y la destrucción, aunque siempre, optará por ésta última, por lo que, cuando "crea", no lo hará por sí misma, ni como finalidad, sino como un medio para propagar la devastación; derivado de ello, usa su voluntad y poder influenciando y corrompiendo -de ser necesario-, la naturaleza de las otras energías; entonces, cuando se afirma que una entidad oscura fue gestada en la energía de destrucción (o en alguna otra), debemos considerar que una oscura "primaria o derivada" busca replicarse o ampliarse, usando como medios las demás existentes, lo que le permitiría adoptar sus caracteres para el cumplimiento de sus lúgubres intenciones.

crea que sí-; siendo la desolación, el único camino que asirá y "amando" todo lo que es propio de tal elección (origen, medios, consecuencias, excesos);

➤ Energía de equilibrio. Libertad, voluntad y poder, pero no irrestrictas, por tanto, no en cualquier sentido, se caracterizan no sólo por tomar o influenciar de y en el exterior con algún propósito objetivamente utilitario, sino a la vez -lo sepa o no-, aportar o retribuir en esa misma magnitud; busca más que nada, lo que las personas identifican como la "armonía", aunque realmente es un concepto amplificado y mayormente complejo que eso; y

➤ Por último, presenciamos la energía de opción. Libertad, voluntad y poder, pero a diferencia de las tres primeras, donde se ejercen indefectiblemente en uno u otro sentido (destruir o equilibrar), en esta última, la libertad de elegir sí es naturalmente absoluta, de ahí que no sólo imprimirá su acción u omisión con un sello particular, sino además, dotará o no, de uno o varios justificantes subjetiva y gradualmente determinados (amor, odio, ambición, hambre, dolor, empatía, deseo, indiferencia, lujuria, egoísmo, etcétera); optando así, por, entre otras variantes: el equilibrio, la destrucción, o eso que los humanos llaman el bien o el mal.

Con ello en mente, ¿qué pasa si dejamos que la vorágine de tinieblas y la sórdida entidad reinen aquí?

Sufrirás un terrible dolor más allá del corpóreo. Al final, no subirás conmigo a esta barcaza; esa energía de destrucción o la oscura que de ahí derivó, marchitarán y consumirán todo lo que somos y percibimos.

¿Eso sería malo? ¿A los ojos de quién?

Por otro lado, el hombre y el lobo no *está*[48] aquí para aplacar en definitivo el veneno que aquí se propaga, pero sí, para despojarte temporalmente del dolor que causa; y así resuelvas, sin la necesidad inmediata de alivio.

¿Yo? Me temo hija mía que no estoy aquí para proporcionarte respuestas claras, promesas definidas, ni para endulzar tus sentidos o tus deseos presentes o futuros.

No te diré el por qué o el para qué de la existencia o siquiera de tu existencia, ni sé si lo haya y de ser así, de saberlo, estoy segura que no me correspondería hacerlo.

Soy, además de otras cosas, una millonésima parte del amor y dolor que hay entre nosotras… una pizca de energía de opción; por tanto, mi existencia aquí deriva de la convergencia de nuestra voluntad y poder. Soy un ápice de lo que fui, de lo que soy… de lo que podría ser; pero también lo que soy, deriva de lo que nunca fui, ni seré.

Mira en este plano lo que has logrado cultivar.

No importa lo que elijas, te agradezco la luz que intencionalmente o no, has expandido; si te rindes, nunca nada o alguien habrá de reprocharte.

---

[48] Se refiere en *singular* a ellos, pues, aunque aquí se presentan visiblemente separados, ella los considera como una sola entidad que aglutina, al menos, dos energías dominantes.

Te amo, hija mía, gracias por tocar la existencia con eso que cada día eres... necesitas darle o no, dirección a tus pasos; tú eliges, siempre lo harás...

Con lágrimas aún en los ojos, Luciana la "miraba".

-Te amo, mamá.

Permanecían abrazadas cuando oyó al lobo aullar a lo lejos. Fijó su atención en él y la secuela de su conducta sobre el ambiente. Sin mediar palabra, se apartó de Élisa, bajando de la balsa y ya con los pies "firmes" sobre el agua -en esas flores de hielo y luz que eran sus huellas-, usando sus dos brazos empujó con fuerza la pequeña embarcación para que se alejara.

-Adiós, mamá.

-Adiós, hija mía.

Las lágrimas de Luciana goteaban sobre la superficie, provocando una hermosa paleta de colores brillantes que se propagaron en ondas y cuyo fin no era sondable, armonizándose con esa nueva tonalidad púrpura aportada por el canto del cuadrúpedo. Luego de eso, la muchacha se sumergió en el agua; la corriente por debajo de esa pasividad no era igual, sino inquieta, acelerada, a veces turbulenta. Aun así, ella buceaba sin artefacto o esfuerzo extra para sobrevivir; era "natural" estar y moverse ahí en cualquier dirección; al llegar a la hondura permitida, la luz no disminuía, sólo se tornaba en tonalidades variadas. Algo llamó su atención hacia el exterior, era el *varg*, quien también se zambulló y descendió con un poco más de empeño hasta postrarse a su lado, se miraron por un instante, ella se inclinó y lo abrazó; cerró los ojos, consintiendo lo que iba a pasar, él le mordió el cuello.

...Aharon despegó su mano del pecho de Luciana, *"volviendo"* al bosque; ella y licántropo parecían *"mirarse"*, mientras lloraban; entonces la joven le dijo:

-Hazlo lobo y hombre.

Sin esperar mayor explicación, le atarazó el cuello exactamente donde segundos antes lo hizo el *varg* en su interior. Cualquier dolencia provocada se dispersó al quedarse profundamente dormida, sus latidos disminuyeron en intensidad a la par que el aguacero.

******

"Si buscas lobos debes mirar al cielo".[49] Desafortunadamente, la manada de mamíferos recién formada no conocía tal adagio, pero Jean, el capitán de los *Dragones Reales*[50] sí, por lo que, al oír el aullido de Vincent, ubicando casi de inmediato a Silas y Ain, consiguió

---

[49] RADINGER, Elli H., *La Sabiduría de los Lobos,* op. cit. p.126, tal como se ha señalado, existe una milenaria amistad entre lobo y cuervo; en ocasiones, los cuervos aterrizan donde hay cadáveres, resultan guía involuntaria para el alimento y por ende, de manera netamente accidental, para hallar lobos.
[50] Caballería de élite. Véase *El Libro de los Hombres Lobo. Información sobre una Superstición Terrible,* op. cit. p. 15.

sitiar con no menos de una veintena de individuos aquel paraje boscoso que ya abandonaban Marie y compañía, sorprendiéndolos cuando se retiraban con Luciana.

Sin mayor advertencia, y ante la insólita escena de tres licántropos juntos, uno de ellos cargando en brazos una doncella ensangrentada (a su parecer, muerta) y los restos destrozados de alguien que parecía una pobre víctima detrás suyo, dispararon al más grande, (Aharon), alcanzándolo con una bala de plata sobre la cadera que lo derribó de inmediato, desatándose un tiroteo en su dirección, intentando acabar con todo animal que se moviera.

Vincent protegió con su cuerpo el de Luciana, recibiendo a cambio, también un proyectil -aunque no de plata- en su omóplato derecho; Marie, al ver caer a Aharon no corrió hacia él. Por instinto, buscó la procedencia del ataque y con la velocidad que la caracterizaba en movimientos imperceptibles al ojo humano (mermado además, por la noche, la llovizna y espesura de la vegetación), repelió la agresión, degollando en instantes al Gargo y cinco de sus hombres, saltando encima de un séptimo al que no necesitó lacerar, pues la confusión de la gresca los hacía errar en sus disparos, por lo que otro cazador, al intentar lesionar a Marie, mató a su compañero y ante la necesidad de recargar sus mosquetes y arcabuces frente a la rapidez de la licántropo, perdieron la vida un par más.

Una vez que Vincent puso a Luciana en resguardo y sin importarle la bala en él, se unió a Marie. Embistió y proyectó sobre un árbol a un lobero, no pretendía quitarle la vida a ninguno; neutralizó con similares movimientos a otros tres, hasta que un disparo de plata se incrustó en su pierna derecha, no lo suficiente para detenerlo, sino solo ralentizarlo.

Silas y Ain atacaron y extirparon con velocidad los ojos de otro, inutilizándolo para arremeter con certeza; los perros que llevaban consigo los caza recompensas, en cuanto percibieron el aroma de Vincent y verlo en peligro, tarascaron al lobero que los sujetaba, quien no dudo en aporrear a uno, que de inmediato chilló, llamando la atención de Vincent. Este, soportando el dolor de los balazos, pudo brincarle encima, dislocándole un brazo y noqueándolo. Luego de eso, el proyectil de plata incrustado inició el envenenamiento del tejido a su alrededor, impidiendo que se levantara del dolor.

Aharon que hasta en ese momento yacía en el suelo por la ubicación y gravedad de su lesión, aunado al envenenamiento por el metal precioso -como el daño que vio en Adam-, se levantó en dos patas, sin quejido alguno, pero con notoria dificultad. Expulsó a voluntad la munición proveniente del mosquete modificado de Jean que era más grande de lo normal, y con un esfuerzo adicional, logró reparar el daño causado a sus órganos, músculos y tejidos circundantes. Corrió de inmediato hacia los atacantes aún sin derribar. Al llegar al primero que seguía rellenando su arcabuz, éste volteó al licántropo erguido e intentó sin éxito clavarle la bayoneta, pero la piel de éste era lo suficientemente blindada para impedirlo, por lo que Aharon lo apretó del pescuezo con su zarpa y de un jalón le sustrajo la tráquea; en milésima de segundos, llegó a su segunda víctima, a quien le arrancó la faz con todo y hueso de una sola y violenta mordida; al tercero bajo sus garfas no le fue mejor, lo sorprendió cayéndole sobre la espalda y le tarazó el cuello hasta desprenderle la cabeza; se dirigía a otro, cuando una bala le horadó el rostro a la altura de la mejilla, destruyéndole algunos colmillos; en cuanto ubicó al tirador (quien de inmediato se puso a recargar su arcabuz), cambió a su dirección y sin muestra de dolor alguno, pausadamente caminó, a la vez que en automático, se reparaba el agujero provocado en su cara; se paró en dos patas; la figura del humano frente a él era enclenque, y palideció ante el imponente *Loup Garou*, quien de un zarpazo en el estómago, le extrajo la médula ósea.

Al final de la faena, Marie y Aharon atravesaron el corazón de todos los loberos por ellos derribados, asegurando su muerte y no conversión por las mordidas que les habían propinado. Quedaban seis hombres vivos: uno, sino ojos, revolcándose de dolor; y cinco que Vincent dejó inconscientes.

Aharon-lobo empapado en agua y sangre se aproximó gruñendo al tuerto que gimoteaba y se arrastraba implorando por su salvación:

-Por favor nooo…no me maten…

Por favor, Dios mío ayúdame…

-Regocíjate -le dijo Aharon.

Tus súplicas han sido oídas, estás ante un Dios que te ayudará; por mi gracia cesarás de arrastrarte por la vida, tus pasos terminan aquí en el fango; nada mejor que represente tu existencia y sea a la vez, el lecho de tu muerte, -con su zarpa lo levantó del cabello y con la otra, le atravesó sin complicación el pecho, sacándole por la espalda, el corazón.

-Nooo ¿Aharon qué has hecho? -gritó Vincent.

Aharon desechó el cadáver de aquel infortunado, su garra ensangrentada conservó el órgano aún latiendo; volteó a ver a Vincent, enseñándole sus colmillos sanguinolentos. Vincent intentó levantarse y correr hacia él, pero las heridas que le fueron infligidas se lo impedían.

-¡Aharon! -le gritaba desde donde se derrumbó-. Detén por favor ya ésta masacre, no hay necesidad de arrebatar más vidas, hemos vencido -Aharon mordió el corazón apenas robado y de inmediato lo escupió con desagrado.

-¡Qué asco, su carne es tan amarga y putrefacta como su vida!

Te equivocas Vincent, no debiéramos dejar que uno sólo de estos loberos sobreviva; cada uno de ellos, con esa libertad y voluntad que les fue depositada, tomaron tantas vidas de la estirpe con la que ahora compartes algo más que estas tierras. Sólo detengo lo que nadie más puede o quiere.

¿No has entendido nada todavía?

A la mayoría de estas criaturas no le interesa el camino que predicas con tanto fervor, sólo te oyen por las recompensas que promete tu Dios. Quieren confort en el presente, en el futuro, en esta vida y en todas las que haya; es lo que son, un cúmulo de elecciones, optando por la que más les brille ¡Claro! ¿Quién en su sano juicio preferiría algo diferente? Sólo los locos, descerebrados e inadaptados.

¿Cómo se comportarían sin premios ni castigos?

Acabamos ya con una segunda calamidad demoníaca, salvamos a Luciana de una dolorosa agonía, acto seguido somos emboscados, atacan hasta a sus propios perros quienes los ayudaron a llegar a nosotros y con gusto se desharían de ellos, si no les son útiles o dejan de verse bonitos, ¿no?

Eso es la existencia para ellos, estética y utilitaria de objetivos tan mundanos y vacíos. ¿Por qué los sigues defendiendo, sacerdote?

¿Cuánto dolor necesitan acarrear a donde quiera que vayan y a lo que sea que hagan para que caigan de la gracia de tu Dios?, al que no le interesan las mayores atrocidades cometidas por sus "*hijos*".

Si la mujer y el hombre son sus creaciones más amadas, han de ser también las únicas, para tanta indiferencia sobre todo lo demás que existe en este mundo; o en su caso, debe de odiar cualquier representación de vida que no haya creado a su imagen y semejanza, para consentir lo que su estirpe hace...

Llámalo en tu dolor, ora para que aquellos matalobos a quienes acabas de perdonar conserven su patética vida, y mira cuánto caso te hace.

Con ayuda de Marie, Aharon hurgó dentro de las pertenencias y suministros de los loberos, consiguiendo cuerdas, una gruesa cadena cuyos eslabones habían sido forjados agregándoles púas (con el claro objeto, de causar un daño mayúsculo a lo que con ella encadenaran) y tomó también, un cepo oxidado de caza; desnudaron, despertaron y amarraron de pies y manos a los sobrevivientes, quienes no daban crédito de la inteligencia de aquellos "*monstruos*".

A dos, los colgaron boca abajo -atados de pies-, en las ramas de unos árboles; una vez ahí y también ante los ojos de Vincent, los mataron cruentamente, sin importar sus alaridos. Al primero, usando su propio cuchillo con que despellejaban a los lobos cazados, Aharon lo abrió del ombligo, al apófisis xifoides, desparramándose las entrañas de su interior; en seguida, cargó adecuadamente el mosquete de Jean con una munición de plata y se lo dio a Marie, la que sin dudar ni un momento, le disparó en el rostro al segundo de ellos.

A un tercero, lo colgaron del cuello con la cadena. Los profundos cortes producidos en la garganta por las púas metálicas terminaron por desgarrarla y sucumbir ante el peso del resto del cuerpo, degollándose. Aharon preparó el cepo sanguinolento, arrastró hasta ahí a otro lobero quien le rogaba que no lo hiciera, y al llegar a la trampa puso su cabeza sobre ella, activando el mecanismo, rompiéndose el cráneo; Aharon con su pata, terminó por destrozarlo. El último hombre con vida vomitó ante aquella barbarie, lloraba, gritaba pidiendo ayuda, rogando para que no lo mataran. Aharon se le acercó con la testa del Gargo en una zarpa, la puso de posa brazos en un tronco tirado, y se sentó ahí para una breve plática:

-Sí, sé que desde aquí abajo, todo lo que acabamos de hacer se ve repulsivo, entiendo el por qué se te revuelve el estómago y regurgitas -le dijo Aharon-lobo con notoria ironía.

¿Sabes? A veces olvido la lógica humana. Cuando ustedes son presas o víctimas en vez de cazadores, no es tan divertido, ¿o sí? Sólo el hombre decide arbitrariamente lo que es bueno, malo, quién merece vivir, lo que debe destruirse y el cómo se hará. Tantos lobos cayeron en ese cepo, les dieron muerte y los desollaron; algunos aún con vida mientras eran despellejados. Esa era la línea a seguir, ¿no? Por eso lo hacían... ¡por eso tú lo hiciste!... en ese momento y en ese lugar, no era ominoso; pero sí motivo de orgullo, de gozo, loable. Mercadeaste tantas vidas por unas simples monedas, por su normalidad contingente.

¡Cuán honorable conducta, digna de aspiración y repetición entre ustedes!

¡Cuánta tristeza conducen a donde quiera que vayan!

Para algunos de la especie que representas, eso es lo correcto, no pasa nada mientras sus ojos no vean lo que sus actos efectivamente acarrean;

Para otros tantos, arrasar con cuanta vida -animal, vegetal, incluso, la de sus pares-, tiene la osadía de estar en su camino, es lo "natural";

Para muchos, "catástrofe", es un concepto ligado a eso que llaman "su estilo de vida", "sus propiedades", "su tierra", "su honor".

Bosques y junglas enteras han sido taladas por la ambición humana, pero ahí no alcanza a tipificarse una hecatombe; no fuera la peste negra o uno de los denominados "acto de la naturaleza" el que devasta la vida humana, porque ahí sí hay un agravio que debe repararse pronta y expeditamente, destinándole tanta energía y recursos, que los regrese a "su normalidad".

Me da pena y asco su paupérrimo razonamiento para encuadrar destrucción en tragedia y cualquier otro concepto estructurado solo a partir de su patética existencia, indisolublemente ligado a una perspectiva humana, como si fueran los únicos habitantes que importan y merecen la vida.

No, ustedes no tienen mi pena, ni son dignos de misericordia.

La normalidad humana y su moralidad es tantas veces un pequeño espejo o un retrato que intencionalmente construyen y dibujan frente a ustedes.

Tanto poder, albedrío y libertad que yace en su interior, pero sustancialmente influenciados por meros reflejos y siluetas. Qué desperdicio.

¿Cuál es tu nombre, hijo de Dios? -le preguntó el *lobishome* al hombre tendido sobre el fango, pero éste último era dominado por miedo y lloriqueos, no podía contestar; Aharon lo cacheteó.

¡Cálmate y contesta! -le ordenó el hombre-lobo.

¿Cuál es tu nombre?

-Antoine Moreau –respondió con voz tambaleante.

-¿Conoces a los lobos, Antoine Moreau, los has visto?

-Sí -dijo entre lamentos.

-¿Un lobo haría todo esto? ¿los lobos hablan?

-No, no lo hacen.

-Ah, que brillante eres; y yo que creí que todos ustedes no usaban su cerebro, sino que sólo seguían órdenes, replicando conductas y razonamientos medularmente trazados por el egoísmo.

Ahí tienes, no es una situación del todo inextricable, al menos, una conclusión lógica es que no son lobos los que asolan estas tierras. Te liberaré y perdonaré la vida, serás un héroe en toda Francia, pero a cambio, tendrás que hacer algo para mí.

-Sí, lo que sea, lo juro, tienes mi palabra. Por favor, no me mates.

-Pon atención, esta es la historia: tus cuatro patéticos compañeros recién colgados y eliminados con *métodos "piadosamente humanos"*, eran las Bestias de Gévaudan que tu Capitán Jean buscaba con tanto ahínco; con esa notoria inteligencia que te caracteriza, lograste averiguar que se infiltraron en esta compañía de *dragones*, con el único fin de despistarlos para que nunca fueran atrapados.

Esperaste que se durmieran, después de matar aquel desdichado que ves por allá (se refería a los restos del que atacó a Vincent y Luciana) y emboscaran a tus compañeros; entonces, les diste caza, una adecuada muerte conforme sus estándares humanos, lamentablemente, no sin antes de que perdieras dos dedos y te dejaran esa fea cicatriz que cruza tu rostro, la que llevarás por siempre.

-¿Cuál cica… -Aharon le rasgó el rostro de la frente a la mandíbula, le amputó de un tirón dos dedos y lo liberó de sus ataduras.

-Ahhhhh -gritó Antoine por el trauma infligido.

-Esa, y ¡cállate! -le ordenó de nueva cuenta a la vez que ponía su garra sobre la boca del lobero mutilado, cubriéndole la mayor parte de la cara.

-Marca muy bien mis palabras lobero de mierda: si regresan a estos bosques o cualquier otro bajo la misma comanda que los trajo hoy, te buscaremos y tendrás un peor destino que el de tus "valientes" amigos; vístete, lárgate, no vuelvas sino hasta que la luz del sol alcance su cenit y sólo por los restos que logren llevarse.

Aharon esperó a que Antoine se fuera; Silas y Ain desde el cielo lo corroborarían.

-¿Te diste cuenta lo que hice con Antoine Moreau? -le cuestionó a Vicent.

Primero, le expuse cuál es la lógica que muchos siguen: la construcción del espejo y con lo que ahí "ven", se mueven por el mundo; acto seguido, a su propio reflejo lo revestí de fama, vida y libertad.

¿Cuál fue el resultado? Un clisé por supuesto; la mezquindad. Sin pestañear o apartar su vista del deslumbrante viso que tenía en su mente, utilizó al beneficio personal como impulso de su voluntad. Irá y divulgará tal cual, la historia que en segundos imaginé, seguro añadiendo detalles suficientes que le aseguren el resultado prometido, mancillando el honor de sus compañeros o amigos y dejando la verdad en estas tierras, apuntalando su porvenir en mentiras. ¿Y para el vulgo? Todo aquello que endulce fácilmente sus sentidos: un héroe que trajo paz, que atravesó y venció por mérito propio las entrañas del mal, justo lo que ansían y encuentran en simples bufones. ¡Es lo que merecen!... el que les parezca intocado por el mal... el incorruptible... pero atrás de ellos, fuera de su vista, fue en el lodo y de rodillas donde pactó su presente y futuro. ¿No es así como tantos lo hacen?

Vincent le gruñó:

-¿Hubieras hecho algo distinto, Aharon?

Hermano, eso no fue lo que pasó. Primero te encargaste de dibujar sobre él un marco, limitando así su libertad de actuación.

¿Crees que palpaba la misma libertad, voluntad y poder con que tú devoraste el corazón de Adam, o el de las jóvenes que le precedieron?

Te esmeraste nublando la vista de Antoine Moreau con violencia sobre sus congéneres, pusiste en su mente la idea de muerte y sufrimiento.

Ahí amarrado, sometido a tus pies, frente a un poder incognoscible, pero que notoriamente le superaba en creces, ¿cuáles eran realmente sus opciones cuando atentas su instinto de supervivencia?

No te engañes Aharon, lo acorralaste; tomó la única salida que le dejaste.

-Te equivocas sacerdote, eres reacio, como el que más; Antoine decidió. Se fue "voluntariamente" por la vereda brillante, ¡pusilánime gusano! Repasa en tu mente lo que le dije y acabo de repetir:

"La normalidad humana y su moralidad es tantas veces un pequeño espejo o un retrato que intencionalmente construyen o dibujan frente a ustedes."

Ese es el marco al que te refieres, que delineé con violencia, muerte, sufrimiento y mi poder frente a él en desproporción.

Es el auto reflejo que miró y admitió como realidad universalmente válida y sobre todo, irrefutable. Nunca cuestionó nada de lo que alguien más "bosquejó", ni utilizó o matizó con valores diferentes para decidir; y a ese "reflejo de sí mismo" que tuvo en frente por mi dicho, lo adorné con beneficios.

¿Cuál engaño?, si le expuse todos los elementos.

Su mediocridad de pensamiento, de voluntad, de poder, complementada con la promesa de una recompensa, es lo que reina su raciocinio y emociones. ¿Qué necesidad de cuestionar lo que se les presenta? y menos, si viene emperifollado con eso que tanto atesora y aplaude el colectivo: "la fama".

Luciana sin ojos, dio más porfía a la bestia y aun en medio del dolor cuando fue mordida, mostró verdadero denuedo, no como este "dragón", a quien le quedó grande el título y más grande le va a quedar, cuando el día de mañana, lo veamos ser recompensado por el logro de derrotar a la Bestia de Gévaudan.

Pero así funciona "su mundo" aplausos, riquezas y honores, a meros reflejos pintados en sus mentes; la única mentira, es creer que quieran algo más.

Contéstame, cuando nuestro gran héroe Antoine Moreau no estuvo bajo mis garras, ¿qué decisiones tomó? ¿O es que toda su existencia se la ha pasado coaccionado por externalidades? ¡Pobre hombre!; ni dudo o niego, que haya humanos a los que su misma especie ha condenado a elegir así, los compadezco; ¡pero Antoine no! Cuando lo toqué al despertarlo, pude ver el libre albedrío que usó para llegar armado a este bosque, precedido del sendero de muerte lobuna que labraron todos estos loberos. Esa mezquindad frente a la adversidad es la misma que lo trajo hasta aquí y con la que seguirá "regando" la vida. Aun ante la buenaventura, es el sesgo con el que prefiere revestir su actuar, tal vez o no, porque así alcanza resultados presumiblemente favorables.

Entonces, él sí decidió, siempre lo ha hecho. Así como yo usé su egoísmo para dibujar esa única opción que le di, soy yo el que dirige el rumbo de los eventos futuros sobre estas tierras. Usé la propia mezquindad de la escoria humana, como instrumento para traer cierto alivio a nuestros hermanos lobos. Tú eres el que se engaña Vincent, ¿crees que todos tomamos nuestro camino bajo condiciones ideales? ¿Acaso esperas vivir sólo en días soleados? Es como pretender que nunca llueva; es el "diminuto espejo" con el que cargan a todos lados.

-¿Tu afirmación es que nadie se debiera equivocar? -le inquirió Vincent.

-No hermano, jamás he dicho eso. ¿Viste cómo decidió Luciana? Ella hubiera preferido pasar sus últimos momentos con su madre, a seguir sin evidencia de que en el futuro la volverá a percibir tan plena y conscientemente o tal vez más, del como ahora lo hizo. Tú la conoces antes de hoy; antes de "estar" con su mamá en esa balsa, ¿cómo llevaba su vida? ¿Eran puras elecciones tomadas a base de los mejores escenarios asequibles y con la seguridad de bellas promesas a concretarse? Vive con un dolor tan arraigado en su centro, pero no va por la vida propalándolo, trasladándolo o anhelando ser liberada de su carga. Al contrario, ayuda en el viaje de la vida a su padre, pretende aliviarlo del lastre del que él solo no ha logrado deshacerse; pensó en él, en su perro, en su madre, en sus demás animales, hasta en ti, antes de su propio beneficio; antes de tomar cualquier salida fácil.

Pude verla en el granero y en La Colagne; esa "capacidad diferente", con que se le ha catalogado, para ella nunca ha sido una desventaja, una limitante, un resentimiento por el que alguien le deba algo, ¡vaya! ni siquiera pasa por su mente que su ceguera sea motivo de aceptación o rechazo y ni se desgasta en los "ojos y boca de la sociedad". Ella tomó tal discapacidad -por llamarla de alguna forma- y la ha llevado a lo inconmensurable; aun con nuestros ojos sanos o sentidos aumentados por el lobo en el interior, jamás igualaremos el grado de percepción al que ella accedió y que será maximizado. ¿Te das cuenta? Sufrió un daño y no se estancó en la parte negativa del mismo. Tiene la capacidad de extraer luz de la oscuridad que fue puesta en sus ojos y que le arrebató a su madre, y me atrevo a afirmar, que también, es poseedora de una particular e innata habilidad para surcar, a la vez que de convivir con cierta lobreguez de la existencia. ¿Qué no hará si le das materia prima diversa a la que hasta el presente ha tenido acceso? Es así, como ella decide y actúa.

¿Y, por cierto, dónde quedó hoy tu Dios? ¿No oraste lo suficiente?

Sin esperar refutación o respuesta, le enterró dos de sus largas uñas para extraerle la bala de plata que tenía incrustada en la pierna e hizo lo mismo con la del hombro. Marie intervino tratando de calmar y convencer dulcemente a Vincent, pero no hablando directamente en lenguaje conocido. Caminó hacia él, le puso una garra sobre su pecho, le cerró sus ojos:

-Vincent, sé que tienes tanta fe en ellos y en Dios, pero la mayoría tiene un hueco en su alma, su mente, su corazón; con tal oquedad transitan y perciben al mundo. Por eso, es que sus sentidos como primera línea de actuación-reacción, frente a cualquier estímulo buscan o encuentran vacíos donde más de las veces no los hay, y al hacerlo, forzosamente creen que deben cubrirlos. Algo dentro de sí, les impide dejarlos así.

¿Qué hacen ante el silencio?

Algunos le imprimen negatividad, es la nada, hay vacío según les indica su cerebro, se deprimen, les da pavor, los incomoda, les aburre; por lo tanto, habrá que llenarlo: ruido, música, compañía, lo que sea, que inunde el hueco auditivo que para ellos representa el silencio, siendo incapaces voluntaria o involuntariamente de ver todo lo qué es y fluye a través de él. Pero no, no porque exista la ausencia de sonidos humanamente perceptibles, implica que hay un vacío que deban atiborrar inmediatamente; son tantos los que ni siquiera quieren o se esfuerzan en conocer lo qué es el silencio y desaprender o inaplicar los sesgos con que supuestamente razonan; su mediocre mente les dice que, si ellos no lo pueden ver, oír o sentir, no habrá nada que apreciar, ni proteger. Aharon te dijo allá en el Ródano: "dale tus latidos, a quien pueda escuchar y extraer de ellos, no sólo tu humanidad, sino la melodía que estremezca su existencia…"; yo agregaría: dale tus latidos *y tu silencio* a quien pueda escuchar y extraer de ellos, no sólo tu humanidad, sino la melodía que estremezca su existencia; tu mismo has corroborado la vacuidad del silencio al "mirar" a Luciana, en su granero… en ese afluente de donde vienen.

Regresando a estos "hijos de Dios"…

¿Qué hacen ante una selva o un bosque?

Se encuentran perdidos, no hay ahí nada que les pueda hacer disfrutar la vista, o lo que hay, simplemente les estorba para *"entretenerlos"*. Por ende, hay un hoyo sensorial, y entonces destruyen, irrumpen con cualquier estúpida o "socialmente aceptable" justificación, para colmarlo con lo que crean que les complazca sus ojos, su mente, sus sentidos; cambian y cambiarán naturaleza por banalidades disfrazadas de supuestas necesidades.

¿Ves lo que hacen? Hay carencia en su interior, y la dejan expandirse al grado que cobra intensidad, trasminándose y gobernando sus sentidos y luego a su propio ser. No actúan con plenitud, sino bajo el velo de la escasez, con la imperiosa necesidad de actuar en consecuencia, no toleran las presuntas cavidades sensitivas.

Pero esto ya te lo había anticipado Aharon, cuando "conociste" el aullido de aquella manada de lobos, cerca del Ródano. Ya siendo licántropo, seguías (o me atrevo a decir que sigues) aferrado a tu vista de humano. Por eso en la oscuridad pretendías llevar luz, asegurando que hay algún tipo de vacío o vicio en ella. Pero no, ya has podido corroborar que eso es del todo falso; es en la negrura donde ves lo que mana del interior, y no meros reflejos de luces ajenas.

Imagina un árbol: mientras es talado, no emite lamento humanamente perceptible o descifrable; el árbol no se quejará, no es irascible ni con el humano que lo lastima y lo mata. Al silencio le atribuyen pasividad, incluso consentimiento; llegan a afirmar: "el que calla otorga". ¡Vaya frase más estúpida! Me causa tanto escozor que para ellos el silencio signifique consentimiento; requieren de un estímulo "exterior" medible con sus sentidos humanos para tipificar una voluntad que yace en un "interior" que no necesariamente se constriñe a las mismas reglas. ¡Cuánta ignorancia! Hay voluntades que fluyen en eso a lo que llaman silencio. O es que el dolor que no se exterioriza como ellos vanamente "reconocen", ¿no será dolor?

Como no hay una consecuencia, ni resistencia o poder que el humano asimile de manera inmediata cuando mutila un árbol, ni siquiera les interesa conocer lo que fluye a través de semejante milenario ser vivo; y lo seguirán haciendo, en pro de un supuesto desarrollo, de su economía, de su expansión; encontrarán tantas justificantes, pero en realidad solo hay una, el hueco que tienen dentro de sí y que extrapolan hacía un exterior, al mundo que "habitan, transitan y ven en su pequeño espejo o su diminuta pintura", sólo en eso ven lo normal.

Piensa en eso que muchos llaman "amor". He oído a personas decir "amo la comida"; traducción: comen lo más suntuoso, exótico y en grandes cantidades ¿A eso ha mutado el amor? ¿A una reducción basada en la opulencia y multiplicidad desprendidas de sustancia?

¿No hay amor en un simple bocado? ¿En la sencillez? ¿Sólo el exceso y lo extravagante resultan apodícticos de tal sentimiento? ¿El amor es solo otra zanja más, que forzosamente deben colmar en desmedida y no con sustancia?

Si no hay nichos, los hacen, los buscan, con tal de intentar satisfacer esa necesidad *innata* de hartarse.

Piensa en una fastuosa mansión. Si no le pones

buenos cimientos, si las columnas tienen vicios o agujeros, no importará con qué la adornes haciéndola pasar como la mejor, o con qué hermosos cuadros intentes cubrir las rajaduras de las pilastras; eso únicamente servirá a miradas superfluas, o tal vez convenzas y logres engatusar a alguien más diestro de lo que tiene ante sí. Pero no, no engañarás a la naturaleza; si la construiste mal o no arreglaste las bases, tarde o temprano ésta se encargará de recordártelo a ti, a sus habitantes o poseedores y quizás, sólo hasta entonces, prestes atención a la estructura, a los huecos que con brillos, pretendiste saciar a los sentidos.

¿Qué pasaría, si en vez de mirar a través de la necesidad y la estética, lo hicieran con plenitud?

¿Qué crees que le hará a su percepción?

Lo que acabamos de ver de Antoine Moreau, sólo refuerza eso; pese a que Aharon le evidenció el cómo razonan y a dónde los ha llevado, simplemente no quieren nada más de aquello que les dé supuestas recompensas perceptibles, inmediatas o a largo plazo. Sólo así su cerebro, corazón, o lo que sea en ellos, lo interpreta como bueno…

Mientras tal monólogo tenía lugar en un plano imperceptible, Silas y Ain regresaron y se daban un festín, a la vez que jugueteaban, con los restos de los desdichados *dragones*.

Aharon interrumpió, no parecía tener semblante victorioso, sólo pensativo…

-Vámonos, hermano.

Lo ayudó a levantarse y le sirvió de muleta; Marie cargó a Luciana y se fueron de ahí, hasta la casa de Aharon; adoptando los dos perros que por supuesto, abandonó *el futuro superhombre y héroe de toda Francia, Antoine Moreau.*

VIII. LA BRUJA Y LA BESTIA.

En todo lo que hagas,
mantén tus ojos en la muerte.
(**Séneca**)

Media noche. Silas y Ain encontraron a la bestia desde las alturas. El aura negra que desprendía, aun con esa lluvia, la percibían a kilómetros sin mayor problema. La seguían sin ser detectados en el vuelo, hasta que por fin se detuvo en las proximidades de una modesta cabaña sumergida en un tupido bosque de pinos de todas las edades; su iluminación provenía de las últimas flamas de una chimenea humeante y un pequeño faro que parcamente alumbraba la entrada. El monstruo oteaba oculto entre tanto árbol que rodeaban las dos únicas construcciones del terreno; su presencia inquietó los dos equinos en el establo, pero cualquier ruido era sofocado por tormenta y truenos. Al cabo de unos minutos de vigilancia, la criatura se acercó al predio, brincando con facilidad la cerca. En el cálido interior, Juliette y Gérard, mujer y marido profundamente dormidos; ella, una muchacha muy bonita, de veintiún años, embarazada de veinticuatro semanas. Esperaban su primer hijo, una niña a la que ya habían decidido nombrar Suzette, en honor a su difunta abuela que se llamaba así; lo acordó con su esposo justo una semana antes, mientras paseaban solos por su campiña. No lo habían comentado con nadie, pues eran una pareja poco sociable; se dedicaban a ellos mismos y a sus labores diarias labrando cereales en su tierra… mejor dicho, lo intentaban en este alterado y caprichoso clima, pues el trigo no sobrevivía tanta lluvia.

Así, la monstruosidad recorriendo el inmueble a sus anchas, su intención no era pasar desapercibida, golpeó con rudeza una pared de la cabaña, con el único objetivo de despertar a sus habitantes y lo consiguió, Gérard regresó asustado de sus sueños, Juliette por su parte, con más tranquilidad.

-Ah ¿Oíste eso amor? -indagó susurrante el consorte.

-Bien claro, ¿quién no? ¿Qué habrá sido?

-No sé, fue un ruido seco, como algo pegando en la pared. -ambos esperaron atentos por si se repetía. Al cabo de unos segundos, sólo la tormenta era lo sondable. Él se levantó de la cama y miró con cierto temor por la ventana más cercana, pero no logró advertir más que los efectos del vendaval. Incluso, usaba los relámpagos como guía, pero ni así consiguió dato que le advirtiera de peligro alguno.

-Seguro no es nada. Duérmete, amor -aconsejó ella.

-Tienes razón, pero igual saldré a echar un vistazo. Tú sigue durmiendo (no quiso alertar a Juliette, pero de inmediato le vino a la mente que uno de sus vecinos le contó que, derivado de los años infructuosos por los que atravesaban; en las cercanías, mendigos y bandoleros intimidaban y robaban a los campesinos).

-Está bien, con cuidado -ella no tardó en conciliar nuevamente el sueño, en tanto él, la arropó y le dio un beso en la frente. "Te amo", murmuró en su oído. Se puso sus zapatos, y antes de salir, atizó el fuego a nada de extinguirse. Se envolvió en una cobija que asía con una mano y en la otra, su hacha; dio entonces, un paso afuera de la cabaña, cerrando la puerta detrás suyo para no dejar pasar el frío.

Parado en el borde del pórtico, donde aún la construcción le servía de paraguas, caló al instante el embate de ese clima. Se encorvó más, intentando aminorar el efecto. Miró al establo, todo parecía normal, excepto...

... otro intempestivo relámpago dejó entrever sentada y meciéndose en el columpio que había puesto en una gruesa rama del árbol favorito de Juliette, una sombra rara... de una pequeña niña de espaldas a él... -seguro un juego de sombras-, pensó para sí Gérard, procurando -pero no lográndolo-, no asustarse. Soltó el cobertor -caída que resultó coincidente con el trueno ensordecedor correspondiente al rayo que le precedió- con las dos manos, apretó con fuerza el hacha que cargaba. Prefería el frío a no tener una mano dispuesta para defensa o ataque. Otra vez se quedó ahí quieto, conteniendo la respiración, aguardando que otro relámpago confirmara que su vista, en complicidad con mente, árbol y lluvia, le habían jugado una mala pasada. No fue así. Nada de luz, el agua era la única constante. Liberó de súbito el aire que guardaba, entrecerró los ojos, forzando su alcance, pero eso no le ayudó. La intensidad del aguacero pronto decreció, pero sólo lo necesario para ceder el paso a la voz de una niña que dejó a Gérard helado por dentro:

-Papá...

Otro golpe seco despertó a Juliette, descubriendo que Gérard no estaba a su lado. -¿Cuánto tiempo dormí? ¿Dónde está Gérard?- algo trepó al techo, oyó de inmediato el crujir de las tejas. Se alertó; su esposo que era aficionado a las armas, la instruyó en el uso de estas. Guardaban una pistola de doble cañón y de avancarga debajo de la cama; ella lo recordó y sin pensarlo más, se apresuró a sacarla y cargarla -no sin que su somnolencia y la dominante oscuridad de la noche, la hicieran trastabillar-. Apuntó hacia el techo, intentando centrar la posición del intruso conforme al ruido de sus zarpadas. Sin previo aviso, cesaron. Un escalofrío recorrió su cuerpo; no se atrevía a dejar de apuntar, pero a la vez, quería mirar por la ventana más próxima. ¡Toc, toc!, llamaron a la puerta cerrada. Por la rendija debajo, se distinguía la sombra de alguien o "algo" enorme, parado en el pórtico.

No contestó. Aterrada, encañonaba la pistola hacia la entrada. Quien estaba ahí, volvió a tocar con mayor ímpetu e insistencia, usando algún tipo de metal claramente distinguible al chocarlo con la madera.

-¡Estamos armados y mi esposo también está aquí, lárguese! -gritó ella, mientras en susurros temblorosos buscaba a Gérard.

Los toquidos fueron suspendidos. La sombra visible se marchó con discreción, pero el temor en Juliette no. Seguía dirigiendo temblorosamente el arma hacia el acceso, hasta que el ruido de unas uñas arañando el cristal de una ventana le causó escozor y un pavor indescriptible. No dudo ni un segundo: en cuanto lo detectó, giró y disparó dos veces -ella no lo supo, pero voló la mitad de una garra-. De inmediato, con notoria zozobra, volvió a cargar la pistola y apuntó al vidrio roto, por el que ya se filtraba una ventisca gélida y punzante, cuyo sonido escabroso poco ayudaba para apaciguar a la futura madre.

-¡Le he dicho que se largue, no dudaremos en matarlo!

Llamaron de nuevo a la puerta. Pensó en disparar, pero lo ancho de la madera impediría un tiro mortal. Repitió de nueva cuenta:

-¡En cuanto lo vea, lo mataremos, lo juro ante Dios como mi testigo!

La sombra en la entrada se disipó, como si quien o lo que la proyectaba estuviera hecho de neblina.

Se oyó una macabra y burlesca voz dentro de la cabaña:

-¿Ante Diosss como tu testigooo?

Pues que atestigüe que no me iré y que te arrancaré a Suzette.

Juliette gritó con terror y salió corriendo de la cabaña con pistola en mano. Bajó el par de escalones del pórtico, y al empezar a huir, tropezó con los restos destazados, despellejados y sin cabeza de su amado; al darse cuenta de lo que la había hecho caer, volvió a gritar, pero ella misma se interrumpió cuando vio a la bestia agazapada en el tejado, que de un gran salto alcanzó a la mujer atrapándola debajo de ella; mientras estaban los dos en el fango, ella empezó a berrear, pero fue atarazada sobre la yugular, ahogándola, y a cualquier sonido con ella. Se oyó un disparo; su garganta fue liberada, el rostro de su agresor estaba destrozado, pellejos colgando y sangre negra verduzca brotando de él, pero sus garras no la soltaban, la embarazada permanecía debajo suyo, salpicada y al estar ahí, pese al breve humo de la pólvora, pudo notar como cada pedazo de la cara fue reconstruido de manera automática (era de fisionomía lupinamente sincrónica a los monstruos que Marie y Vincent habían eliminado con anterioridad, pero con una "máscara incompleta" de hueso enraizada en su cutis). Se disponía a dispararle otra vez, pero su mano fue brutalmente arrancada por esas fauces restauradas y en un segundo, su cuello quedó de nueva cuenta atrapado en ellas. Con sus piernas, y la mano que le quedaba intentaba librarse, pero no obtuvo éxito; él la zarandeaba con facilidad; aún consciente, unas afiladas garras le perpetraron con violencia su delicado pecho y abdomen, rompiendo, trozando y desollando piel, tejido muscular, hueso, todo para extraer su centro de vida y a la pequeña Suzette. Por la notoria desesperación impresa en sus movimientos, la manada de licántropos que observaba a lo lejos creyó que el cruel *versipellis* llevaba mucho tiempo sin comer (Aharon caviló para sí -es como esos pobres muertos de hambre, que apenas tienen acceso a algo que anhelan o quizá necesitan y una vez alcanzado o con la posibilidad de hacerlo, el frenesí los gobierna, actúan sin sopesar la afectación en su entorno, ¡lo toman! ¿Qué importa lo demás? Sin que necesariamente exista el sesgo de urgencia tienen que avorazarse; ¡primero ellos, seguido de ellos y en la punta… también!). No engulló nada por el hocico; se paró en dos patas, poniendo una encima de Juliette -que era ya, otro cadáver descuartizado-, como señal de triunfo, de superioridad, ufanándose por las vidas que acababa de incautar, sosteniendo entre sus afilados colmillos -pero sin dañarlo-, el corazón chorreante de sangre y en su enorme garra derecha, a la nonata Suzette con el cordón umbilical cercenado. Tal posición dejaba al descubierto el pecho de ese adefesio; en él tenía una hilera de huesos terminados en picas de plata sobre el esternón. De pronto, hizo algo que jamás volverían a presenciar: retrajo esas púas, y una a una sus costillas, incluidas carne y piel que las revestía, se "abrieron" cual si fueran una puerta de vaivén; en sus entrañas, nada de tonalidad rojiza que caracterizaba el plasma de un humano o lobo, sino coloreado con el líquido putrefacto negro verduzco, que ya habían visto al matar a sus dos antecesores y como si tal escenario no fuera ya lo suficientemente bizarro y desconcertante, sus órganos se "apartaron", configurando una cavidad para alojar el corazón sustraído. Luego, con su garra, se hizo una incisión casi de nivel quirúrgico debajo del ombligo, se arrancó sus propias tripas e intestinos dando albergue a la cría Suzette y "cerró de inmediato todo su cuerpo" -si es que así se le puede decir a tal acción-; acto seguido, otra vez en cuatro patas, una sobre el rostro de la pobre joven y otra en el pecho destrozado, royó apresuradamente la garganta de su presa hasta exponer el hueso. Sus extremidades delanteras terminaron el trabajo arrancándole la cabeza. Buscaba "succionar" el líquido cefalorraquídeo que fluye dentro del cerebro y la médula espinal; cuando por fin terminó, lengüeteó de su faz lo embarrado, y miró las cercanías buscando testigos. Al no detectarlos, emprendió la huida, dejando detrás suyo, un escenario que cualquiera calificaría de inhumano; de encontrarse al perpetrador, sería acreedor de los más descabellados e imaginativos castigos que la sociedad pudiera imponer en busca de una *noble justicia*.

No obstante que tal criatura no los divisó, la manada de licántropos integrada por Marie, Pierre, y Aharon, no perdió detalle de cada uno de sus movimientos. La espiaban desde que llegó a la cabaña:

-¿Dejarás que los mate, Aharon? Es inadmisible -dijo Marie, a la vez que intentó levantarse y salir al descubierto.

-Marie, ¡detente! No creas ni por un segundo que desdeño la luz de esas nobles criaturas, al contrario, ven, toca mi corazón -agarró la garra de Marie y la puso sobre su pecho-; siente tanto dolor y pena por su prematura e injusta extinción, que ya solloza; mira tú entorno, la existencia misma ya presiente la pérdida.

Necesito de tu fuerza, que veas y comprendas más allá.

¿Qué hemos logrado las últimas dos veces al matar a estos adefesios de almas esclavizadas por una entidad oscura que aún no se nos revela? Aparece una nueva remplazando a la anterior, el cuerpo cambia, pero su interior, ya lo hemos visto, es notoriamente semejante.

Hoy la vida exige que seas solo una espectadora. Yo coincido y ruego para que accedas. -al quedarse sin argumentos, Marie consintió.

Los tres siguieron de lejos a la bestia. No requerían ver qué camino tomaba, el olor del corazón y la pequeña vida que acababa de expoliar, su propia pestilencia y cierto halo de energía oscura que dejaba a su paso la delataban; tampoco Silas y Ain perdían detalle desde las alturas, donde advirtieron (y en automático, Marie) que ya se encontraban en el bosque dentro de la propiedad de la Duquesa Astrid, siendo su palacete el final de aquella persecución. Momentos después, ellos llegaron a las proximidades del mismo. Se detuvieron, examinaron en la periferia buscando indicios de trampas; las aves en el aire tampoco anunciaban peligro alguno. Aharon delante de la manada volteó hacia ellos y gruñó: era el mensaje para que Pierre y Marie, flanquearan el terreno y vigilaran desde atrás: él entraría en su búsqueda por el frente. Todos eran conscientes que, de producirse un enfrentamiento, Aharon no tendría problemas en resolverlo, pero no querían que nada escapara; sin importar lo que pasara, todo terminaría esa misma noche.

Se acercó a la casa. Extrañamente la puerta principal no estaba cerrada, forzada o rota. Entró en el vestíbulo dominado y coronado por una hermosa claraboya octogonal que de inmediato y sin mayor esfuerzo, seducía las miradas más exigentes. Esta noche, la lluvia del exterior era el espectáculo; en otras despejadas, seguro fue causa de numerosos entumecimientos de cuellos al perderse en tanta estrella, pero ahora, pocas lámparas encendidas y una excesiva tranquilidad reinaban en la atmósfera. Miró las escaleras en ambos lados, que en semicírculo, se unían en el primer nivel y conducían a las habitaciones. El olor de la bestia no indicaba que hubiera subido, por lo que prefirió explorar la planta baja. Caminó con mesura, sin interrupción, a través de la sala, el comedor, y la biblioteca cuyos ventanales de piso a techo permitían advertir un bosque lúgubre en la parte posterior, con la energía de Marie y Pierre entre él, avizores, en espera de instrucciones o alguna seña de su guía. Siguió el recorrido que en otro momento hubiera sido ilustrativo, dada la infinidad de pinturas y esculturas de toda época suntuosamente dispuestas en la mansión. De entre las que identificaba o que llamaron su atención, estaba cerrado, el que parecía "*El tríptico de la creación*" de El Bosco, del que no quiso corroborar su funcionalidad, la "*Dulle Griet*" de Brueghel (que representa a una mujer dirigiendo un ejército de ellas, para rapiñar el infierno) de la que había oído, pero no había visto en persona; uno de los dos cuadros de "*La Matanza de los Inocentes*" de Rubens; la escultura del "*Cupido Durmiente*" de Miguel Ángel, de la que se enteró que fue destruida en el incendio del palacio de *Whitehall*; una pintura inacabada de la cabeza de medusa sobre un escudo de madera, ¿quién sería el autor? Pero la que con certeza era la pieza central, y favorita de quien ahí vivía, dado su especial montaje en esa biblioteca, era "*La Anunciación*" de Leonardo Da Vinci. Seguramente todas son réplicas muy bien elaboradas, pensó Aharon. Esa colección también se integraba con un *grand pianoforte,* al parecer de manufactura inglesa adornado con motivos griegos. Había también una serie de animales disecados, que de inmediato, causó en el *corognaou,*[51] tristeza y repulsión, pero no sorpresa. Al salir

---

[51] Ver nota al pie número 43.

de la cocina, se detuvo frente a lo que parecía el acceso a una cueva, sellado con una piedra (físicamente nadie la podría haber advertido, pues ante el ojo humano, sólo era un muro). A pesar de ello, se filtraba una luz formando el umbral que la delataba -no proveniente de linterna, ni vela, sino de génesis oscura -. Se erigió ante ella, y al tocarla con su garra, detectó dos energías del otro lado; sin duda, nadie lo esperaba. La empujó con fuerza y enseguida se revelaron múltiples peldaños rocosos en caracol, que conducían a una gruta que fungía de sótano. Comenzó a descender ya en cuatro patas; aquellas presencias cobraban mayor intensidad conforme avanzaba; se percibía un miasma, combinado con azufre, que para cualquier mortal sería mefítico; no había ahí, atisbo de iluminación o ventilación; todo estaba en completa opacidad, salvo por inscripciones que en tonalidad roja, centellaban en el techo abovedado, en los muros y en el suelo, con letras algunas talladas, otras grabadas con sangre, hechas en alguna lengua o idioma que no lograba reconocer, pero de grafología semejante, sino es que igual, a las lacradas en las bestias ya vencidas.

Por fin, ahí estaban, la bestia y la bruja -la Duquesa Astrid, que vestía sólo una túnica de terciopelo en bermellón, larga y con capucha que enmarcaba su hermoso cutis apiñonado, del que resaltaban sus enormes ojos verdes-, detrás de un altar de piedra, cuya superficie no era del todo homogénea: en una parte, cóncava, y en la otra, plana; encima, se hallaba el corazón apenas arrancado de Juliette, la pequeña Suzette sin rastros de vida, una copa de oro con piedras preciosas incrustadas y una varita chueca de madera, parecía más una ramita vieja, que un artilugio de bruja; y en la oquedad que hacía funciones de crisol, una mezcla de oro y plata, fundidos y burbujeantes.

-Bienvenido a este aquelarre.[52] Pasa, no seas tímido, ni tengas miedo. Aquí no serás lastimado. Acércate, deja que te conozca -dijo ella con voz seductora.[53]

La hechicera podía ver a través de la piel, pero tal habilidad en ella no era automática. Requería de una ligera concentración, y tocar -aunque sea solo un segundo- directamente con sus propias manos a la persona, por lo que de inicio no pudo reconocer a Aharon de su encuentro previo. Sin embargo, por su vasto conocimiento en teriantropía sabía que en ese magnífico animal estaba subsumido un hombre, y que el licántropo ahí revelado no

---

[52] Caro Baroja, en el multicitado libro: *Historia de los Hombres Lobo*, sostiene que la palabra aquelarre proviene de las voces vascas *aker* (macho cabrío) y *larre* o *larra* (prado), siendo entonces el "prado del macho cabrío" el lugar de reunión con el diablo de brujos y brujas; sin embargo, en otros textos, también se utiliza tal palabra, no para definir un lugar, sino más bien, la reunión en sí: "*...El término "aquelarre" todavía no tenía su connotación mítica, pero designaba las reuniones nocturnas de los fieles de un culto secreto organizado, donde el escudero parecía jugar un rol de ministro, sirviéndose para eso de su libro herético...El aquelarre, llamado "sinagoga", en los documentos, también significaba reunión nocturna de brujas...*" este último fragmento extraído de: *Historia del Diablo Siglos XII-XX*, op. cit. p. 51 y 52. Para efectos de la presente obra, se toma el primer concepto aludido.

[53] Si bien es cierto, ya se habían encontrado en el "interior" de Luciana, recordemos que frente a aquella bruja -caracterizada en aquel entonces como una entidad maligna e incompleta derivada de la viscosa oscuridad-, se presentaron, Aharon y el *varg*, por separado.

tenía como semilla un encantamiento, los ojos de Aharon así lo anunciaban.[54]

Ella, ni asustada ni sorprendida, no reflejaba emoción; no sólo por el monstruo que a su lado la custodiaba, sino por el poder que creía ejercer sobre todo ser vivo; este "nuevo" híbrido, no le representaba peligro inmediato.

Aharon se erigió en dos patas, mostrando sus afilados y blancos colmillos, comentó:

-En efecto, no soy yo el que debe temer en este encuentro, sino tú y esa mascota tuya.

La Duquesa, sonriente, le replicó:

- Pero ¿qué dices? Observa a tu alrededor. ¿Ves paredes y piso?. Mi hermosa mansión está bajo la protección del Ángel Caído. Hay hechizos y encantamientos en lengua oscura funcionando en todo momento. Tu fuerza dentro de ellos no tiene influencia alguna. Aquí, ¡yo hago las amenazas!

Puso su mano sobre la testa de la bestia y le dijo:

-*Et cor eius cupit educam illud.*[55]

Ni bien acabó de decirlo, la siniestra aberración trepó al altar, metiendo adredemente una pata sobre la

---

[54] Según se adelantó, sólo en los hechizados los ojos eran completamente blancos, sin brillo alguno.
[55] Él desea su corazón, tráelo (traducción al latín propuesta por Chat GPT, versión 3.5). Por supuesto se refería al deseo del Diablo.

superficie cóncava donde la aleación líquida e hirviente "la percibió", adhiriéndosele a la piel ascendiendo por esa extremidad pilosa y usando la escarificación como canal de desplazamiento. La bestia saltó y atacó a Aharon-lobo, quien se dejó alcanzar con tres zarpazos no mortales, que lo proyectaron al suelo con heridas superficiales (el aparente descuido, sólo tenía la finalidad de calibrar velocidad, fuerza e inteligencia de su adversario). Ahí tirado, creyeron que iba a ser fácil obtener la victoria sobre aquel visitante digitígrado inesperado; pronto se darían cuenta el error en subestimarlo. Aharon se incorporó lentamente en dos patas, azuzándolos con su mirada.

Astrid pronunció unas palabras y el engendro alteró su estructura, alargando pelaje y algunos de sus huesos, exponiendo unas vértebras que se forjaban, en plata y oro[56] -recién solidificados-; en tanto de otras no visibles y de sus antebrazos, emergieron una hilera de puntas rojas, extremadamente gruesas y afiladas; su lomo se volvió un campo rocosamente empalizado, dispuesto a defender las posiciones vulnerables; en su cara, se reestructuró la máscara de hueso; en esta ocasión, combinaba con los mismos brillosos minerales que en raudales recorrían su cuerpo (por interiores y los exteriores lacrados); primero en estado líquido, y al llegar a su aparente destino anatómico, se endurecían, maleándose acorde al maleficio recitado; de

---

[56] Conviene remembrar, que algunas brujas, al hechizo original de transformación (humano a bestia) imbricaron el diverso de creación de gólems, por lo que maleaban o avivaban con cierta "voluntad y facilidad diabólicas" la materia inanimada -barro, piedra o metal-, mezclándola con la orgánica.

su mandíbula, dos largos incisivos hechos de ese elemento precioso se abrieron paso sobre lo que eran sus mejillas; los nudillos de las patas delanteras también salieron de la dermis a modo de refuerzo; la masa muscular aumentó en tamaño y las garras se prolongaron recubiertas de plata; sin esperar la conclusión de estas "mejoras" que incrementaban ferocidad y tonelaje, se abalanzó sobre Aharon, quien en un par de movimientos detuvo tal embestida y lo lanzó hacía un muro que, al impacto, se destruyó. Aún erguido en sus patas traseras, Aharon corrió hacia él y lo conectó con dos zarpazos, arrancándole en primera instancia, el ojo no protegido por esa carcasa ósea, seguido de un leve araño en el cuello.

La bestia reaccionó no con malestar, sino con rabia. El hechizo y la adrenalina provocaron que ignorara el daño causado. Rugió y adoptó una postura bípeda. Su pecho traslúcido dejaba ver algo rojizo moviéndose en su interior. Nuevamente acometió a Aharon, quien interpuso su brazo para bloquear una fuerte dentellada lanzada por su oponente. Ambos cayeron al suelo, quedando la corpulenta criatura encima de él.

Aún con su brazo atrapado en el hocico del monstruo y perforado por ese largo incisivo metálico que recién le había brotado, Aharon acertó un zarpazo rompiendo ligeramente la máscara que le cubría parte del rostro, pero no fue suficiente para ser liberado de sus fauces, entonces lo agarró del cuello, y utilizando su pierna/pata derecha, lo proyectó a una pilastra.

Fue ahí que la Duquesa supo que su creación sería derrotada. Empezó a recitar en lengua oscura dos conjuros: con el primero, invocó a quien servía; y mediante el segundo, pretendía regresar su morfología humana al intruso ya imparable para ese momento. Los signos inscritos en los muros se encendieron en fuego rojo y negro, y unos se proyectaban en el aire; sin hacer efecto alguno sobre el licántropo, éste siguió trabado en lucha mortal con el hechizado, y después de que se generaran mutuo daño, Aharon deliberadamente se autolaceró una garra, perforándose con una de esas largas púas que salían de la columna vertebral de su diabólico rival, lo que le permitió accesar al lomo e introducir en él sus afilados dedos, extirpando con violencia una serie de vértebras de las "normales" y de las oro-plateadas con todo y fibras nerviosas. La herida autoinfligida sanó en segundos, no así, la de la bestia quien rugía de dolor y que, sin éxito, intentaba ponerse en pie. Aharon miró a la bruja y mostró de nuevo sus colmillos, no amenazándola, sino como un símbolo de victoria; puso una pata sobre el pescuezo del embrujado, quien infructuosamente pretendía ya no agredir, sino defenderse, lo esquivó, y usando su garra le arrancó esa careta metálica-ósea encarnada, llevándose consigo secciones de la faz, a la par del ojo que le quedaba y parte de sus sesos; solo entonces dejó de moverse. El *lobishome* pudo fácilmente quebrantarle el pecho, buscando su corazón, pero otra vez, en su lugar, una figura de barro pintada en dorado; sosteniéndola unos segundos, la oprimió haciéndola añicos; sólo humo guardaba en su interior. De inmediato, el cadáver recuperó su estampa humana. Aharon lo reconoció, con los pellejos que aún colgaban de su cutis destrozada, identificó a *Gustave*, un mancebo que vivía con toda su familia muy cerca de su clínica.

Todas las heridas que el licántropo sufrió, fueron auto restauradas.

-¿Quién eres tú, que no cede ante conjuros, al veneno de su dentellada,[57] eres inmune a la plata? ¿Quién te ha creado? ¿A qué amo sirves? -lo inquirió la maga.

Tranquilamente, Aharon-lobo se acercó en cuatro patas a ella sin apartarle la vista ni perder esa elegancia que lo caracterizaba. Se irguió en dos, tomó a la mujer de su delicado cuello, rodeando con su garra casi la totalidad del mismo, olfateándola a la vez que la levantaba hasta que sus rostros quedaron nivelados.

-¿De qué hablas, hechicera? Yo no sirvo a ningún amo. He marcado mi propio camino. Soy un Dios, aquel que vive no sólo por la carne, sino por lo que hay debajo y más allá de ella; por ello, es que la plata y cualquier brillo que represente debilidad en humanos, no tiene secuela en mí. Soy capaz de crear bestias, algunas de ellas, a mi imagen y semejanza, conscientes y libres en sí mismos, y no meros títeres de voluntades ajenas o superfluas. Pronto, cualquier Dios o Demonio caerá ante mí.

---

[57] Tal como se precisó, los humanos moldeados en bestias a través de hechizos, no transmitían la licantropía al atarazar a alguien más, pues no eran per se, mujeres u hombres lobo; pero su mordedura era fatal ya que transmitía la podredumbre del alma que los transformó.

Acercó la otra garra al pecho desnudo de ella, (revirtiendo la metamorfosis de hombre lobo, en todo su brazo), buscando tocar con su humanidad el corazón de aquella bruja -si es que alguien así, aun lo conservaba-, y pudo ver parcialmente su origen.

******

Aharon-lobo se trasladó en tiempo y espacio: 1470, Reino de Navarra, al norte de España, en algún lugar limítrofe con la frontera de Francia.

De noche, en la plaza principal del pueblo, sólo antorchas encendidas alrededor iluminaban a tres bellas doncellas atadas de pies y manos, dispuestas en igual número de hogueras individuales, preparadas para su incineración, al centro, Isabel, la más hermosa de ellas, de vestido azul y sucio, ensangrentada, con la nariz rota, los pómulos hinchados y morados; los huesos de su mano izquierda, quebrados previamente con un mazo, hacía que no pudiera mover los dedos. A su derecha, Ofelia, su hermana, semidesnuda, sin una oreja, con la herida provocada por el corte ya cauterizada con lumbre y hierro; sus pies, también con signos de haber probado las flamas; por último y a la izquierda, otra mujer desconocida y no relacionada con ellas dos, pero también notablemente agraciada: Catalina, inconsciente pero viva, escurría una mezcla de saliva con sangre de su boca y agua sucia del cabello, vestía harapos, que días antes, configuraban un elegante vestido de gala, y ahora en él se calcaban las hemorragias causadas por los pinchazos a que había sido sometida; la única herida que se vislumbraba estaba en su brazo derecho, y había sido sellada con plomo fundido.

Tenían como público, mujeres y hombres de todas las edades, cargando hachas, palos, horquillas y algunos también, antorchas improvisadas, vociferando, maldiciéndolas, emocionados por el terrible "circo" pronto a iniciar.

Dos individuos se acercaron: el verdugo, negramente encapuchado, robusto, desaseado, maloliente; y otro no menos repugnante, el Magistrado, senil, encorvado, vistiendo ostentosamente, mezquino, corrupto, odiado por el vulgo y la nobleza, pero a punto de presidir el espectáculo por el cual estaban todos ahí. Ese viejo hablaba a veces sin ningún sentido, narrativas llenas de pausas incoherentes, difíciles de seguir y sobre todo, lentamente, como si su edad le pesara; pero no, más bien era un servidor público incompetente, siempre lo fue.

-¡Estas... mujeres... han sido enjuiciadas justamente... y halladas... culpables de brujería!

Ellas mismas... confesaron... ser sirvientas del Diablo, obrar en su nombre... arrebatando múltiples vidas de... infantes y seducir con su fermosura a hombres inocentes a cambio de riquezas y placeres carnales...confesaron haber renunciado totalmente... a los sacramentos de la Santa Iglesia...

¡Concupiscencia! -dijo el decrépito señalándolas con su índice y continuó:

Por haber confesado que... no creen en la Santísima Trinidad...herejes...

Os sentencio a purificar... sus pecados a través... de una combustión divina, solo así obtendrán... el... perdón de Dios, -mirando al verdugo, le ordenó: proceda.

La muchedumbre aplaudía, les gritaban vituperios, nadie se lamentaba, al contrario, incitaban la ejecución. Ofelia lloraba; Isabel sólo miraba, cansada, adolorida por la brutal tortura a la que fue sujeta; salían lágrimas de sus ojos, que al instante se combinaban con mugre y sangre. Al menos ellas dos y de momento, no eran culpables de bujería, pero no emitían quejido alguno -ya en nada ayudaría, ese deplorable servidor público, siempre hacía lo que su mediocre raciocinio y sus pútridos intereses le indicaban-. Catalina seguía inconsciente. El enmascarado, usando una tea le prendió fuego a ésta última, quien de inmediato se comenzó a quemar, despertando entre gritos; rápidamente, las flamas subieron por todo su cuerpo, provocando que se retorciera del dolor, azotando su cabeza contra el poste al que fue amarrada, desprendiendo un fuerte e intolerable olor. Se podía ver en el rostro de cada espectador el ansia y goce por el sufrimiento, aclamaban por más.

Isabel volteó; apenas podía verla con esos pómulos inflamados cubriendo casi la totalidad de sus ojos, con sangre y lágrimas manando de ellos; de súbito, todo a su alrededor se esfumó, y sólo estaban las dos en un espacio negro, iluminado y sonorizado únicamente por la pira donde aún ardía el cuerpo de Catalina, creando un juego de sombras tenebrosas; ella dejó de gritar, de moverse ante el sufrimiento, pero solo unos segundos... luego rotó su cabeza -ya sin piel ni cabello y en un ángulo casi humanamente imposible- hacia Isabel, sus ojos habían sido velozmente calcinados y por sus cuencas oculares, atravesaba fuego verduzco.

-Corazonesss -dijo Catalina con una voz que salía de su boca, pero no era la de una mujer y menos la de una joven, se oía tétrica en tonos graves, podría afirmarse que provenía de un hombre.

-¿Qué dices? -preguntó, azorada, Isabel.

-Corazonesss, simplesss corazonesss.

-¿De qué hablas?

-Bellezzzaaa, riquezzzasss, placeresss, no más penasss, ni sufrimientosss. ¿Intercambiaríasss corazonesss por esssasss virtudesss?[58] Perdurarán en tiii por losss siiiglosss.

Isabel se dio cuenta de que no era la mujer joven y desconocida, a la que estaban quemando, con la que ahora pactaba y le contestó:

-Sí, todos los corazones que quieras, pero sácame de aquí.

-¿Lo jurasss? -le requirió esa entidad.

-Sí, lo juro -asintió Isabel.

-Sííí, que asssí ssseaaa -se oyó del cuerpo en llamas de Catalina, entonces, su humanidad murió y el espacio alrededor de ellas regresó, dejando todo igual, con Isabel amarrada en frente de una frenética muchedumbre.

---

[58] Por supuesto "virtudes", desde la perspectiva del oferente y su oyente.

El verdugo tomó el hacha oxidada que tenían a un costado, se aproximó al senecto inquisidor y la descargó en contra de su cráneo, arrebatándole la vida; con esa misma barbarie, su asesino se la desenterró, y de un solo tajo le cortó la cabeza. Fue tal la violencia con que lo hizo que el arma atravesó la médula, chasqueando con la piedra del suelo. La gente enmudeció, se paralizaron, no sabían qué pasaba. El castigador buscó de nueva cuenta la antorcha, y le prendió fuego al pobre viejo apenas decapitado.

El pavor se apoderó de todos los asistentes, gritaron y, frenéticamente se dispersaron hasta dejar la plaza vacía. El verdugo sacó un cuchillo oxidado que portaba en su cintura, usándolo para liberar únicamente a Isabel, ayudándola a salir de la hoguera; luego se acercó al cuerpo colgado y aún en llamas de Catalina y sin que el fuego lo hiciera retroceder pese a que chamuscaba su piel, hizo una incisión para extraerle el corazón con sus sucios dedos. Caminó hacia Isabel y se lo ofreció, para que lo yantara; ella, vacilante, sintiendo repulsión, aun así, lo hizo. Una vez que terminó, boca, mejillas, manos embarradas de sangre y mugre era su imagen. El hombre parado a su lado, le extendió su mano para que tomara el arma y señalando con sus ojos a Ofelia aún atada, le dijo:

−*Cupit cor eius ad scindendum eum.*[59]

Isabel no hablaba latín, pero entendió perfectamente lo que aquel encapuchado pedía. Asombrada, lo tomó, con

---

[59] Él anhela su corazón, arráncalo (traducción al latín propuesta por Chat GPT, versión 3.5), se refería al deseo del Diablo.

su mano "*sana*", por la empuñadura. Limpió con su vestido el filo del que chorreaba todavía el plasma de Catalina, y lentamente se dirigió a su hermana que estaba llorando. La liberó de sus ataduras; apenas se podían mantener en pie. La abrazó, y sin mediar palabra, le enterró el cuchillo en el estómago. Tanto dolor al que había sido expuesta Ofelia provocó que sin emitir sonido alguno, se llevara las manos a la herida y se desvaneciera en los brazos de su hermana. No murió de inmediato, por lo que Isabel, con esfuerzo, logró recostarla y la dejó tendida, desangrándose de apoco. El verdugo, que había esperado paciente hasta ese momento, regresó por el hacha en el cuerpo achicharrado del Magistrado. La removió y caminó lentamente arrastrándola del mango, haciendo resonar el filo del metal contra la piedra del suelo, dejando en su andar, una traza sanguinolenta. Al llegar a Ofelia, también la degolló, mirando a Isabel, como ordenándole que acabara su misión. Ella se tumbó al lado del cuerpo sin testa de su hermana y comenzó a cortar, extrayéndole el corazón. Se levantó, lo llevó hasta postrarse y ofrendarlo en frente de la hoguera en donde todavía se hallaba la inanimada Catalina, sin piel, cercenada, sin corazón, con huesos expuestos, quemada, ya sin flama alguna, pero humeante, dando origen a un fétido aroma que picaba la nariz causando náuseas.

Una vez más, el vacío se apoderó de todo, quedando sólo ellas dos. Durante unos segundos, nada pasaba. De pronto, las cuencas oculares de Catalina supuraban plasma negro verduzco y gradualmente se encendieron alcanzando gran intensidad. Levantó e inclinó de a poco su cabeza, mostrando los dientes:

-Sssííí.

Los huesos rotos, cortadas, moretones y toda herida infligida sobre Isabel fueron sanados. Pronto, ya no hubo dolor alguno.

El cadáver de Catalina se movió, rompiendo los restos tatemados de las ataduras que la sostenían y que al caer a las brasas, se convirtieron en serpientes negras de ojos verdes, que se arrastraban a sus pies, atraídas por ella. Caminó, crujiendo sus carbonizadas articulaciones a través de la hoguera para alcanzar a Isabel. Tomó el corazón de Ofelia con su esquelética mano izquierda y sobre su palma, lo consumió en llamas negras, reduciéndolo a cenizas; las escupió y mezcló, obteniendo una masilla a la que le dio forma de una varita chueca. Se inclinó tomando una de las víboras para enroscarla en ese hórrido instrumento donde, al paso de unos segundos, se solidificó alrededor de este, siendo entregado a Isabel. Después de eso, la entidad que controlaba los restos de Catalina miró hacia Aharon, quien fue testigo invisible de toda esa atrocidad. Solo ese esperpento sabía que licántropo estaba ahí, y le preguntó directamente:

- ¿Dónde está la luzzz de Diosss?

Sin esperar respuesta, esa maldad salió de Catalina, desplomándose lo que de ella quedó; el tiempo y espacio en ese pueblo de Navarra volvió a posicionarse, dejando a Isabel y al verdugo en una atmósfera humeante, apestosa y silenciosamente desoladora.

******

Aharon regresó en segundos de aquella digresión temporal, agarrando todavía a la bruja…

-Un monstruo, o ¿qué eres? -preguntó la que ahora era conocida como la Duquesa de Astrid- ¿Tu mano volvió a ser la de un simple hombre? ¿Cambias a voluntad?[60] ¿Quie…

-Te puedo *ver* Isabel, hermosa por fuera, pretendiendo oler a flores, disfrazando con lo que sea todo lo que eres; pero desde Navarra, no has sido más que un recipiente de maldad antigua, tan frágil que no significas riesgo alguno para mí, pero sí para estas tierras y para aquel que mira únicamente sobre la superficie "… *porque las obras del diablo les parecen bellas y sanas a los ciegos y los tontos…* "[61] -la volvió a olfatear-. Tu verdadera esencia sólo evoca la iniquidad y lo fúnebre. Has tomado tantas vidas, olvidando que para esa forma tuya, muerte y tiempo son ineluctables. Cambiaste el sufrimiento de la hoguera y, ¿para qué? ¿Perpetuar en ti placeres y riquezas? ¿Cuánto y cuándo iba a ser suficiente? Ja, no esperaba mayor significado en tus actos, del que hay en los de aquellos hombres y mujeres que pueden ser

---

[60] Ningún hombre lobo hasta antes de Aharon, podía revertir a voluntad la conversión y menos, sólo sobre partes de él; la mutación en su totalidad era dominada temporalmente ya por aquellos maleficios que los convertían, la muerte, la luna llena o aquel Dios que había impuesto el castigo.
Todo aquel mordido por Aharon y sus "descendientes", podían superponer la intención, como vía para cambiar de hombre a lobo y viceversa.
[61] Extracto de la obra *Of the Wolf* en *The Aberdeen Bestiary*, citada en la diversa *Historia de los Hombres Lobo*, op. cit. p.28.

guiados por el encanto y banalidad de una presencia como la tuya y de las ofertas que haces -afirmó Aharon, haciendo caso omiso a las indagaciones de la Duquesa.

-Oh.

Renuente a creer, quedó estupefacta. Hacía casi trescientos años que no la llamaban por su nombre real; nadie en esta vida sabía lo de Navarra ¿cómo pudo este *corognaou* saberlo?

-Miedo, ¿crees que lo tengo? Suéltame, aléjate de mí. Tengo un pacto oscuro con el Ángel Caído, ningún hombre o bestia puede matarme.

-Ah, ni hombre, ni bestia, te lo he dicho ya, yo soy mucho más; la ponzoña de tu alma que esparces en cualquier dirección y por cualquier medio, usando visos, cantos, artilugios, mujeres, hombres, monstruos o tus pactos, no hacen mella en un Dios.

-Ahhhh, pe… pero eres idéntico a una bestia y debajo eres tú, yo también pude *verte* Aharon… (insistía en sus conjuros para revertirlo a humano), sssííí…

Bestia y un hombre… sólo eres eso…

En eso, la soltó frente a él, cayendo Astrid de rodillas.

-Sigues hablando de bestias y hombres. ¿Quieres usar en contra mía tu magia negra? Anda, hazlo con la poca libertad y albedrío que el Ángel Vencido dejó en ti, convéncete de una buena vez, que toda palabra de este mundo o del otro, proveniente de una boca profana como la tuya y con las que has adornado esta caverna, sólo tiene resonancia en aquellos de oídos fácilmente seducibles, ojos encandilables, corazón y mentes quebradizas, tales como tus patéticas mascotas moldeables conforme tu malevolencia. No creas que hay en ti diferencia alguna de aquel corrupto y vejete Magistrado que te sentenció al fuego.

¿Por qué no convocas a tu señor? En cada ocasión que hemos coincidido, él solo ha mirado...

-Jajaja, -se puso de pie, dirigió su mano derecha abierta hacia Aharon y pronunció con más ahínco otro maleficio en lengua oscura; en esta ocasión, los anillos de oro y plata calzados en tres de sus dedos se derritieron, dejando caer metal líquido y los diamantes que les fueran incrustados; y de su palma, emergía una flama lóbrega con humo visualmente impenetrable, que, en un santiamén, cubrió por completo a Aharon; después de unos segundos, éste lo dispersó con su garra, cual si fueran molestas moscas y sin ninguna consecuencia sobre él. Incluso, en tono burlón emitía una tosecilla.

-¿Terminaste? ¿Lo ves? No ha pasado nada. Sigues sin comprender; es claro que la fe oscura que en Él has depositado, obnubila tu razón -le dijo Aharon.

Con su garra izquierda, el *Loup Garou* relajadamente tomó la mano derecha e incandescente de la fada, sin que su alta temperatura lo afectara. La apretó, destrozando sus huesos; con su otra zarpa le sujetó el brazo, la miró fijamente a los ojos y de un solo tirón, le desprendió la mano. Ni bien Astrid gritó de dolor, cuando Aharon arrojó la mano, que aún tenía espasmos, al suelo. Con los mismos tres movimientos en el lado izquierdo de la Duquesa, separó su otra mano, cayendo ella, de nueva cuenta, de rodillas ante él.

-Ya no podrás lanzar conjuros, Isabel. Tus manos, que por voluntad propia has usado como puentes para traficar a este mundo la sevicia del Caído y tu bufonería, ahora pertenecen a la tierra que tanto has saqueado y manchado; ese brillo que jurabas ser y tener, está a punto de extinguirse.

-Jajaja esto no acaba aquí Dios-Lobo, Él vendrá a….

De un zarpazo, Aharon la silenció arrancándole el maxilar inferior, laringe, lengua y un trozo de la tráquea; el cuerpo mutilado de ella cayó de bruces, brotando ese líquido negro-verduzco de su rostro y extremidades.

-Que la belleza de tu efigie preservada a costa de tantos, si es que todavía puede usarse, alimente a gusanos y demás saprófitos; y tu alma, junto con la energía oscura que hasta hoy moraba en ti, regresen a su fuente. Aquí nada de lo que fuiste ha servido más que para dolor, sufrimiento y destrucción, sin mayor propósito ni sentido que un triste poder mundano; y por desgracia, de eso la vida ya tiene en demasía -recitó Aharon-lobo.

El tiempo circundante se detuvo, ese aquelarre con escritura por todos lados inesperadamente ya no estaba, era como aquella noche de septiembre en que comió el corazón de Adam…

Apareció entonces, quien en todo momento se había mantenido en la penumbra. Tenía silueta no del todo definida, por lo que no es dable afirmar si era mujer u hombre, pero sí lograban reconocerse músculos antropomorfos de al menos, dos metros de altura. La piel, de una blancura jamás vista, con textura equivalente al mármol, donde contrastaban sus principales venas y arterias pinceladas en negro; sin vestimenta cubriéndola, llagas abiertas en ella, que dejaban ver en su interior almas siendo torturadas por demonios. De aquel cuerpo salían tres extremidades, sin huesos fijos o rígidos, cambiantes, que funcionaban como brazos; dos del lado izquierdo y uno en el derecho, culminaban en manos de seis dedos en cada una, con uñas largas y negras. Cabello largo, equiparable a látigos o tentáculos afilados, esculpidos en metal negro, igual que sus ojos, con sólo oscuridad ardiente en ellos, ningún reflejo. Un cutis hermoso, sin boca y carente de expresión; de su cuello, colgaba una gargantilla hecha a la medida, de cierto elemento en estado líquido, denso, oscuro y viscoso -al verlo fijamente, se hallaba algo coincidente a un canal de corriente serena, pero constante, que transportaba dentro de él piedras preciosas, tentando al observador a su inmediata exploración y extracción, pero inasequible-. Desprovisto de ombligo; de la cintura hacia abajo, no se distinguía figura estática o siquiera tangible; era bruma espesa y negra, iluminada por relámpagos ígneos y esporádicos -si acaso hubiera la imperiosa necesidad de clasificarla: una falda humeante-.

Con elegancia, se acercó flotando al cuerpo desmembrado de Astrid ahí tirado, extendió uno de esos raros brazos que salían de su lado izquierdo, tomando para sí, la energía verde-grisácea que emanaba, introduciéndola en una de sus grietas. Clavó su mirada en Aharon; repentinamente, desplegó cuatro alas grandes, desproporcionadas al cuerpo y asimétricas unas de otras, un par encima del otro, como de águila, llenas de plumas; en tiempos ya olvidados, fueron todas blancas; hoy, quemadas en su mayoría; las pocas que aún no, emitían alguna llama espontánea entre negra y morada que lograba chamuscarlas -sin duda, la condena a una lumbre perpetua-; tal movimiento de apertura causó que de las mismas, se desprendieran cenizas que permanecían suspendidas a su alrededor, reacias a separarse de la flama que las causó y con el ánimo de reintegrarse al plumaje que las expulsaba; la alada anatomía, duplicaba su talla.

Aharon impertérrito, lo miró retándolo con esas dos piezas perfectas de brillantes blancos y morados recién pulidos que ahora eran sus ojos; el fuego en los anillos que coronaban sus pupilas era ya un detalle pasado, intercambiados por argollas de luz blanca a la muerte de la bruja y la bestia.

Estaban ahí los dos, contemplándose -sin tiempo o espacio siendo testigos o vía de su desplazamiento-, cuando del Ángel Marchito, salió una voz que susurró sólo para Aharon:

ܪܕܐ ܪܐ ܪܐ

-Ma-ah, atah lo Elah.[62]

---

[62] "No, tú no eres Dios" (traducción al arameo clásico, propuesta por Chat GPT, versión 3.5)..

Desapareció dejando atrás suyo, un aura negra-rojiza que poco a poco fue disipada en el espacio...

Aharon estaba otra vez en esa tétrica gruta; toda escritura en suelo, paredes y techo perduró, pero de ella ya nada emanaba; cualquier malicia que un día ahí habitó, fue por fin derrocada. En cuatro patas se acercó al cadáver de Isabel; por alguna razón, el Ángel Caído despreció su corazón. Por precaución, el hombre lobo se lo extirpó y pisoteó; luego caminó hacia el altar, donde vio la vara formada a partir de las cenizas del de Ofelia, y también la aplastó entre sus zarpas; finalmente, yacía el centro vital de la joven Juliette asesinada por la bestia, y ahí junto, el pequeño cuerpo de Suzette. Los tomó y acomodó, acunándolos con extrema gentileza entre su pecho y antebrazo. Se los llevó para darles sepultura en tierra sagrada, no debían pudrirse ahí. Al salir del palacete y observar cómo el bosque alrededor se había convertido en un campo estéril, cambió de opinión, decidió escarbar y enterrarlos ahí en una misma fosa.

Con la materia orgánica todavía al descubierto, pero ya en el hueco, Aharon aulló majestuosamente con una impronta de dolor; inmerso en tal sonido, había una esquela esculpida en energía púrpura de magnífica presencia, que no cualquiera pudo haber descifrado. Una "burda" interpretación -que por supuesto, no incluye las sensaciones presentes y futuras manifestadas-, sería:

-Que el desarrollo físico interrumpido de la pequeña Suzette y el de su joven madre Juliette, sea para estas tierras, raíz de nueva vida; y lo que a partir de hoy aquí florezca, un nuevo camino, bendecido con la belleza de una luz perenne que pretendió ser consumida... permanezcan juntas donde la humanidad y sus precarias formas, carecen de alcances.

El imponente licántropo aulló tal mensaje mientras lloraba sobre la diminuta tumba, a la que cubrió con suficiente tierra.

BIBLIOGRAFÍA

Sagrada Biblia, versión directa de las lenguas originales, hebrea y griega, al castellano, por Eloíno Nácar Fuster y Alberto Colunga O.P., Madrid, La Editorial Católica, 1958.

Sagrada Biblia, Carta Prólogo de José María Bueno Monreal, Prefacio, Introducciones y revisión general sobre los textos originales de Serafín de Ausejo, Barcelona, Editorial Herder, 1964.

Baring-Gould, Sabine, *El Libro de los Hombres Lobo. Información sobre una Superstición Terrible*, Traducción de Marta Torres, España, Editorial Valdemar, Colección Gótica, 2022.

De Cervantes, Saavedra, Miguel, *El Ingenioso Hidalgo Don Quijote de la Mancha*, Edición según el texto de Francisco Rodríguez Marín de la Real Academia Española. España, Editorial Editors, 1992, Tomo I.

Fagan, Brian, *La Pequeña Edad de Hielo*, Barcelona, Editorial Gedisa, 2008.

Fondebrider, Jorge, *Historia de los Hombres Lobo*, España, Editorial Sexto Piso, 2017.

Habif, Daniel, *Inquebrantables*, México, Editorial Harper Collins, 2020.

Husain, Shahrukh, *El Libro de las Brujas*, traducción del inglés por Andrea Daga, España, Editorial Impedimenta, 2023.

Muchembled, Robert, *Historia del Diablo. Siglos XII-XX*, traducción de Federico Villegas, México, Fondo de Cultura Económica, 2002.

Nicon, De Pérgamo, Claudio Galeno, *Sobre las Facultades Naturales. Las Facultades del Alma Siguen los Temperamentos del Cuerpo*, Madrid, Editorial Gredos, 2003, consultado en la liga: https://static1.squarespace.com/static/5d2dfea38c708800014f8c1a/t/5d336d1c15c-ffe00017986d1/1563651369572/Galeno%2C+Sobre+las+facultades+naturales.+Las+facultades+del+alma+-siguen+los+temperamentos+del+cuerpo.pdf

Radinger, Elli H., *La Sabiduría de los Lobos*, España, Ediciones Urano, 2018.

Roumiguière, Cécile, *Las Brujas, Enciclopedia de Seres Mágicos*, con ilustraciones de Benjamín Lacombe, España, Editorial Edelvives, 2022.

Sax, Boria, *Cuervo. Naturaleza, Historia y Simbolismo*, España, Editorial Siruela El Ojo del Tiempo, Cofás, 2017.

Reel intitulado "*¿Qué es la realidad?*", del Doctor en Física, Javier Santaolalla visible en: https://fb.watch/nUmfnLvz-Qb/

Chat GPT, versión 3.5

Liga: https://dle.rae.es/licántropo

Liga: https://historia.nationalgeographic.com.es/a/la-pequena-edad-de-hielo-en-europa_18751

www.ingramcontent.com/pod-product-compliance
Lightning Source LLC
Chambersburg PA
CBHW020632260626
47157CB00008B/2700